L'AMATEUR DE DÉSERTS

Collection *Contemporains*
dirigée par Claude Frochaux

JEAN-PAUL CLERC

L'AMATEUR DE DÉSERTS

Récits

L'AGE D'HOMME

Ce livre a bénéficié du subside d'aide à la première œuvre
de la Fondation Pro Helvetia.

Pour Claire-Lise

LE PORTE-GUIGNE

Il y a l'eau bourbeuse au fond de la fosse ouverte, le cercueil que l'on descend, et qui racle les bords, un peu de terre grasse jetée sur le couvercle luisant, et les trois hommes qui s'en vont lentement, mouillés sous leur parapluie, les souliers crottés.

...Je vous remercie de m'avoir accompagné à l'enterrement d'un inconnu; vous savez si ma vie est sans mystère, mais je présume que vous ignorez à quel point le défunt m'était proche; il tenait à moi de plus près que vous qui me voyez tous les jours depuis des années. Nos rencontres s'étaient tellement espacées, elles étaient si décevantes... J'y trouvais un homme en rupture, désemparé, inaccessible dans son silence, qui atteignait enfin au vide de sa vraie nature. Il n'avait été jusqu'alors que l'instrument agissant d'une volonté qui n'était pas la sienne. Je veux croire qu'il s'est reconnu et accepté au terme de ce long dépouillement. Les trajectoires de nos deux vies s'étaient séparées, bien que nous continuions à jouer nos rôles dans la même pièce; il la considérait peut-être comme terminée. Une destinée ironique condamne les gens de son espèce à faire nombre, alors qu'ils n'ont rien de commun avec le troupeau. Ce ne sont pas même des médiocrités utiles, douées d'un talent subalterne qui assure à son possesseur une confortable rente à vie. Notre relation a été plus durable et profonde que tous mes amours. Enfants, nous habitions la même rue, on se rendait ensemble dans les mêmes classes, et nous avions en chemin d'interminables discussions. C'était un rêveur à l'imagination triste et sans ressort. Le voir absorbé en cet état mettait en joie tous les moqueurs; il s'affaissait sur lui-même et semblait végéter ou ruminer, mais si vous me passez l'image, le bovin en lui anticipait plutôt l'abattoir que la luzerne. Il revendiquait à toute force sa liberté, voulait y réaliser de flamboyantes chimères, puis se lassait très vite et tombait dans l'apathie. Des règles lui étaient nécessaires pour qu'il se sente à l'aise, et que s'éveille sa prodigieuse vitalité: il aimait le sport et les jeux, et s'y montrait infatigable et inventif. Une carrière prometteuse de gardien de but s'ouvrait devant lui, j'ai cru un moment qu'il allait m'échapper par là, mais un accident, en le forçant à arrêter le football, l'a ramené. Comment vous dire... À contempler cette vie, elle apparaît uniformément marquée par le renoncement, le dénuement et l'obscurité. Je le vois encore revenir des Noëls familiaux – car bien sûr, il n'a jamais eu d'autres proches que ceux parmi lesquels sa naissance l'avait fait tomber –, encombré d'un énorme filet à provisions aux mailles gonflées d'une masse de ces produits qu'on appelle de première nécessité. Le pauvre n'a jamais dépassé ce degré sur l'échelle des besoins et des commodités de la vie. Tout était chez lui étriqué, resserré. J'ai fait de cette larve une amorce jetée au malheur, qui s'est précipité sur lui et ne l'a plus lâché. Il a été mon double, le bouffon occupé à me singer. À la constante simultanéité de nos actions correspondait le constant décalage de leur résultat. Quand je collectionnais les filles, quel spectacle de le voir s'aventurer dans le domaine des grâces; il était sans jeunesse, ni d'allure et encore moins de tempérament. Il s'imaginait ténébreux, mystérieux, voulait susciter la curiosité en se dérobant, et celles dont il s'amourachait, toujours les plus belles, ne le regardaient même pas. Je ne suis d'ailleurs pas sûr qu'elles l'aient jamais su... Comment peut-on aimer des êtres pareils, surtout quand ils vous touchent de si près et qu'ils vous présentent cette caricature de vous-même? Je me suis bien gardé de l'aider; je crois qu'il se rendait compte mieux que moi de l'étrange répartition des tâches qui fondait notre couple. Il n'a jamais fait de ses échecs ou de ses humiliations une affaire personnelle. Impossible non plus de me prévaloir devant lui de l'ascendant que donne la réussite... La seule chose qui m'intrigue encore est de savoir pourquoi et à quel moment nous avons tacitement passé notre pacte, et comment s'est opérée la distribution de nos rôles respectifs. Était-ce tout de suite, dès notre première rencontre, ou y a-t-il eu un moment où le fléau de la balance a hésité: aurions-nous pu échanger nos personnages? Les circonstances font les caractères et elles ne lui ont pas donné sa chance...

Monsieur Dubois, j'avais mon idée en vous invitant à cette cérémonie. La tristesse de ces derniers jours m'a tout de même laissé le loisir de consulter votre dossier. Les raisons pour lesquelles vous avez échappé à nos deux dernières compressions de personnel me sont un mystère; mais la troisième ne vous aurait pas manqué, et elle est imminente. Vous êtes décrit comme un collaborateur mou, falot, et sans initiative; votre seul apport à la vie sociale de notre entreprise est de focaliser sur vous la malveillance et les brimades de vos collègues. J'ai appris en outre que vous vous êtes marié, sur le tard, avec une dame que vous avez ramenée d'un voyage – était-ce à Bangkok ou Nairobi? –, et dont les quatre jeunes enfants, tous d'un père différent, vivent avec vous. Monsieur Dubois, vous avez de magnifiques dispositions. Vous continuerez donc votre travail chez nous, après redéfinition de votre contrat et une baisse de salaire. Ce deuil m'a ébranlé, mais il me reste tant de choses à faire. Le mort vous a passé le témoin, à vous de continuer sa tâche pour notre bien à tous.

COMMENCER FATIGUE

Merci, monsieur, de venir me rendre visite dans ce triste endroit; il est tout ce que vous voudrez: clair, aéré, hygiénique, lumineux, vous voyez, il y a même des fleurs; quel contraste avec mon trou à rats, mais nous sommes ainsi faits que nous préférons le mauvais lieu où nous attrapons une chaude-pisse à l'hôpital qui la soigne. Ces derniers propos par simple manière de dire, bien sûr, aussi, ne riez pas, je vous prie. Vous savez si j'ai souvent engagé ces corps à corps glorieux où s'attrapent de telles blessures. Mes audaces, mes grossièretés, sont toutes rhétoriques, mon existence, je la dois aux mots, ils me parlent de la vie dont ils sont les ambassadeurs parfois tonitruants, ils me la figurent, ils m'ont colonisé, je ne suis qu'un porte-parole, car de vitalité propre, je n'en ai guère, je suis un être de reflet, je veux dire que j'emprunte ma lumière à ces éblouissants soleils... Oui, je le reconnais, leurs rayons ne m'ont pas donné beaucoup de couleurs, et il est assez normal qu'à force de tout raréfier, on se retrouve un jour sous perfusion. Le corps n'en fait qu'à sa tête... Enfin, je l'ai ignoré. Avec cette indifférence à son élémentaire bien-être qu'on attribue généralement à des volontés tendues vers de grandes ambitions. Ni les unes, ni les autres. Je passe mes jours à regretter de ne pas être une pierre... Cette position, monsieur, n'est pas même un extrême, c'est quelque chose d'impensable, un infini brumeux où personne ne se situe plus, où le seul jeu des appétits, aussi léthargiques et assoupis soient-ils, vous met en contradiction avec votre pensée... Bref, monsieur, le seul moyen que j'ai trouvé pour m'accorder tant soit peu à mes convictions, c'est de croupir avec elles. Je me fonds dans le temps qui abolit ma vie personnelle. C'est une extase froide où seule une peur diffuse, sans aspérités, m'assure que j'existe encore. J'ai pour moi-même une exacte attention... Mais le corps est une machine infernale, dont le premier signal de dysfonctionnement marquera le début d'un obsédant décompte qui parasitera cette durée étale et s'y substituera. Sentir, au travers des soubresauts de l'animal affolé, se réveiller sa vitalité, que c'est bête, monsieur, et voilà pourtant ce qui m'attend... Avoir fait le mort toute sa vie, et se sentir paniquement vivant à l'approche de la mort. À force d'anticiper ma vieillesse, j'ai fini par croire qu'elle n'arriverait jamais. Enfin, on va m'opérer des hémorroïdes, et je discours comme un Socrate attendant sa ciguë. *Impavidum ferient ruinae*... Regardez autour de vous monsieur, il n'y a dans cette chambre que des humbles, et les maladies qu'ils viennent soigner ici sont la conséquence des tâches dégradantes ou démoralisantes auxquelles la vie les a condamnés. Et ils sont pleins de bonne humeur et de joie de vivre. Quelle tristesse et quel gaspillage, monsieur, de n'avoir du courage que pour souffrir, de ne montrer que ces vertus passives, ces vertus de pauvres, qui ne coûtent rien, que la peine de tout endurer; les voici, ces héros du quotidien qui, en échange d'un peu de pitance et de bien-être, se feraient hacher menu plutôt que de montrer un soupçon d'autonomie et de responsabilité. Je leur ressemble peu, moi, j'ai vécu dans ma tête, au point parfois de me demander si ce qui se déroulait autour de moi n'en était pas une émanation. D'ailleurs, ce que je recherche ressemble assez à des images mentales, ne m'attirent que l'inanimé, le minéral, les grands espaces vides; la promiscuité du vivant me gêne. Vous savez, nous avons des sens superflus, archaïques, résidus de notre animalité, de l'époque où nous nous entreflairions comme des chiens… Je déteste les chiens… Qu'est-ce que je disais…? Et inversement, les sens qui nous sont le plus nécessaires n'ont pas encore atteint leur véritable perfection. Voir, monsieur, voir et connaître en une seule opération, sans le détour aléatoire à travers le cerveau, et la contamination par tout ce qui n'en finit pas d'y pourrir. Quel spectacle, monsieur, que celui de la vérité dans un monde débarrassé du désordre et de la confrontation des apparences. C'est peut-être idiot, mais j'aime à le penser. Je vais vous dire une chose amusante, mes pensées ont des conséquences pour moi inattendues; ce sont des portes par lesquelles se réintroduisent la vie et ses approximations, mais avec cette différence que, si mes a priori me braquent contre elles, le travail de l'intelligence me les réconcilie. Somme toute, je gagne au change. Mais je ne les en ai pas aimées davantage, je n'ai surtout jamais permis à la vie de rendre impossibles mes imaginations. Je ne les préfère pas à la réalité, ce vieux débat, mais simplement, la vie m'a semblé si peu réelle. Je doute même que la maladie ou la douleur réussissent à me la faire prendre pour telle. Le plaisir n'y est pas arrivé non plus, mais on prête stupidement aux contrariétés de l'existence le pouvoir de ramener sur terre les plus évaporés. Monsieur, j'ai comme tout un chacun le sens du réel, et parce que je sais ce que c'est, je sais également ce qu'il vaut. Il est avec lui des accommodements inimaginables aux humbles qui le voient en partie liée avec le dénuement et les catastrophes. Je n'ai pas leur soif de respectabilité. Monsieur, moi, c'est la pauvreté qui m'a donné mes aises. Les mauvaises langues diront que j'ai surtout le goût de la crapule. Je prends cela plus philosophiquement. Je suis né trop tard, monsieur, j'étais fait pour être parasite et bouffon à la table des riches. Je les aurais flattés en buvant leur vin, avec toute la veulerie qu'il faut pour que l'esprit ne les intimide pas – il a d'ailleurs une merveilleuse propension à se vilipender lui-même spontanément. Quelle pauvre chose qu'un être intelligent. Connaissez-vous ce mot de Lichtenberg, monsieur, qui dit que se considérer tel qu'on est, dans le moment présent, est un spectacle si accablant qu'il dissipe toute idée d'ordre ou d'harmonie. Chez moi, monsieur, seul l'animal est malheureux, et il n'a pas de voix. Il m'impose parfois sa tristesse, son alanguissement et ses interminables hébétudes. Je crois que c'est lui qui a décidé de mon irrémédiable solitude; rien ne vous isole plus que la débilité des instincts. C'est elle qu'on moque chez le crétin, les hommes trouvent très divertissant le pauvre type incapable d'assurer au corps son élémentaire assouvissement. Monsieur, loin de moi la prétention de ne me montrer idiot que par là. Je suis un être à éclipses, mais le mouvement de mes humeurs, la résurgence intermittente de ma lucidité n'ont pas la régularité, la prévisibilité d'un cycle astral. Il a bien fallu me résigner... L'indistinct, l'informulé, monsieur, comme des vagues de fond, reviennent me submerger, et reprendre ce que je croyais leur avoir arraché. Ce que je ne comprends pas ne me surprend plus, appelons ça l'expérience. Je me suis habitué à ce qui me domine. J'ai l'échine souple, je suis rompu aux figures de cet étrange ballet qui me voit marionnette. Je cède à l'omnipotente inertie de cette partie de moi qui se passe si bien de n'avoir pas de voix. Car la parole, la pensée sont mon partage. Je ne suis d'ailleurs que parole et pensée; il n'y a là rien de déclamatoire ou de triomphant. Au contraire, je mets beaucoup d'ironie – beaucoup d'ironie dans la redondance de mes à peu près... Mais je reviens à mon propos. Une des conséquences, je présume, de cette lucidité intermittente, a été ma durable obsession des commencements... Renaître à une nouvelle aurore, voilà l'expression qui immanquablement vient coller à ce mot, et je ne déteste pas ce qu'elle me rappelle. Car j'ai des souvenirs, d'anciennes sensations de fraîcheur et de clarté, les promesses du matin nous lient toujours, et leur manquement nous poursuit. La vie se venge de notre peu de naïveté... Maintenant, je trouve le mot chargé, comme on le dit d'une gorge ou d'une langue. Et puis j'ai considéré les choses autrement. Si j'ai définitivement perdu la fraîcheur des commencements, c'est que me harasse toujours la lassitude engendrée par ce qui ne peut s'achever. Je ne sais ni finir, ni quoi finir, mais quelque chose perdure qui m'a entraîné avec lui, tiré derrière lui, attaché au char – j'étais bien sûr trop stupide pour qu'on m'y attelle, tout travail, même celui de bête de somme, excéderait mes forces ou mes capacités –, alors je me contente de suivre au bout de ma longe… Je parle par images, je le précise, il est difficile de m'en empêcher, elles me poussent un bout de chemin, en voilà encore une, mais elles gauchissent mon propos, ce sont des fragments d'univers hétéroclites jetés par un kaléidoscope fou, ils n'ont jamais été les miens, moi c'est la littéralité qui m'obsède, ici, maintenant, je. Monsieur, voici qu'avec la douleur et la vieillesse, je reviens à l'élémentaire : je suis, c'est mon absolu, rudimentaire certes, mais ce quasi rien pourvoit au peu qui le fait végéter.

MINOS

À votre habitude, vous vous installez près de la fenêtre, si possible dans le sens de la marche. Généralement, vous avez le choix, les transports publics sont désertés, et vous prenez la précaution d'arriver bien assez tôt. Votre veste pend déjà au crochet et vous avez décidé de ne pas vous séparer de votre sac. Un voyage en train suspend, diffère une activité, il ne l'interrompt pas vraiment, c'est le délicieux moment d'une vacance permise qui commence une fois que vous êtes assis. Les compartiments voisins du vôtre se remplissent peu à peu, des gens passent dans l'allée à la recherche d'une place. Leur regard vous a effleuré, ils hésitent: le choix d'un compagnon de voyage est une des rares choses que nous abandonnons à notre instinct, et il est infaillible. Ce refus informulé et l'amertume que vous en ressentiez, il y a longtemps que vous en avez pris votre parti. Réduit à la passivité, le voyageur assis feint l'indifférence, son journal l'absorbe, ou l'agitation des quais. En réalité, il ne perd rien du va-et-vient, il évalue ses chances, se voudrait revêche au gros monsieur, attirant pour la reine de beauté qui le suit. Mais je m'égare, qu'importe le prévenu, le tribunal siège. En choisissant sa place, le nouveau venu a épuisé la seule liberté qu'il avait. À vous les droits du premier occupant. Devant vos yeux, l'intrus se livre à une grotesque danse propitiatoire, il retire son manteau et ce faisant, présente, en gage de paix, ses parties molles (le ventre), ou désarmées (le dos). Il fait face à nouveau; les deux mains ramenées sur le haut des cuisses, il a saisi, entre le pouce et l'index, le pli de son pantalon et s'assied enfin.

Ah, monotone Minos, n'es-tu pas fatigué de rendre tes sempiternels arrêts? C'est égal, commençons.

Les prunelles sont des billes noires et dures dans ce visage dont la pâleur adoucit l'inélégance des grandes masses charnues du nez et des bajoues. Les traits ont quelque chose de brutal et de brouillé à la fois. Des veinules sombres aux ailes du nez vous font penser à un alcoolique ou un cardiaque, ou les deux à la fois. La peau est exsangue malgré les écorchures dues aux fréquents rasages. Il porte les cheveux courts plaqués sur le crâne par un enduit brillant. Trop tard. Avec une facilité dont vous ne pouvez vous empêchez d'être la dupe, votre pensée cède à sa pente et ne s'arrêtera plus. Votre regard suit les volumes de ce corps affaissé; votre malveillance est friande des détails qui font vrai, le gilet taché, une cravate mal nouée, la verrue sur une phalange, il lui faut toujours quelque chose à ronger. Vous vous dites que les médiocres – et le type en face de vous, tassé sur lui même, fait incontestablement partie de l'espèce que vous détestez particulièrement: les médiocres imbus d'eux-mêmes – atteignent à la perfection passive de leurs défauts. Vous avez la religion du devoir, et eux réussissent même à gauchir les nécessités de la vie et les accommoder à l'assouvissement de leurs crapuleux plaisirs. Les malheureux, peut-être les aimeriez-vous s'ils n'avaient pas cet aveuglement de poissons pris à la nasse. Non, vous préférez disserter sur le malheur. Par une opération de l'esprit sur laquelle vous devriez vous expliquer un peu mieux, vous concluez que la somme des petits égoïsmes particuliers (le type en face de vous) concourt au désastre général qui accable la planète. Vous en avez terminé, le gros monsieur s'est statufié en une idole grimaçante qui disparaît dans votre inopérant enfer.

«Ouf, c'était le dernier moment, j'y suis arrivé, mais à quel prix. J'ai le cœur dans la carotide, il faut que je desserre mon col... Non, surtout ne pas bouger. Je m'y laisse toujours prendre, ce n'est plus de mon âge, nom d'une pipe, et avec l'état de ma pompe, un infarctus dans le train, quelle horreur, je m'effondre sur mon voisin... Osseux comme il est, j'aurais encore des bleus. Il n'a sûrement pas de problèmes cardiaques, lui. Ah, le monde est peuplé de gros, mais il appartient aux maigres. Arrive plus tôt et pars plus tôt, ce n'est pas compliqué... Mais cela fait si plaisir à Ginette et à la gamine. Et à moi donc... Je l'aime comme si je l'avais faite. Si j'osais, si je demandais à Ginette de pouvoir adopter la gosse ou quelque chose comme ça... Trouver un moyen pour qu'en cas de malheur... Je ne suis pas des plus solides... On trouve une raison de vivre et il faut penser à ses dernières dispositions, la vie a de ces ironies... D'abord laisser à Ginette le temps d'oublier définitivement ce salaud... On verra bien.»

LES MURÈNES

Notre collègue Z. est un charmant garçon, sérieux, travailleur, raisonnablement ambitieux... je veux dire par là que son ambition ne va pas au-delà du petit groupe, de la petite section, que nous formons au sein de l'entreprise à laquelle il appartient depuis son entrée comme apprenti. Nous représentons pour lui une deuxième famille, et je crois qu'il aimerait voir la position qu'il y occupe changer moins selon les schémas traditionnels d'avancement que d'après des critères biologiques, parentaux pour ainsi dire: après avoir été le petit dernier qu'on accueille, devenir, dans un futur heureux et lointain, un aïeul respecté et bienveillant. Il n'a jamais manqué une seule des réunions amicales que nous tenons hors du cadre de travail. Il s'y montre convive discret, notre ami n'a rien d'un meneur, et je ne l'ai même jamais entendu plaisanter. Mais du début à la fin, son visage ne se départit pas d'un sourire épanoui, sans naïveté ni malice, qui lui a valu, de la part de quelques loustics, le surnom, resté confiné à ces seules occasions, de «Chinois». Enfant unique, il vit encore avec sa mère qui l'a élevé seule. J'ai souvent observé que les jeunes gens dans son cas conservaient jusque à l'âge adulte une espèce de candeur asexuée dont leur femme – par un étrange hasard, souvent la réplique à peine rajeunie de la mère –, ne les débarrassait pas. Dernièrement, les événements ont donné une signification tragique à ce que j'ai appelé les critères biologiques de notre ami : deux de nos collaborateurs sont brutalement décédés, jeunes encore, qu'il a fallu remplacer en anticipant le cours normal des promotions, et Z. s'est vu confier un des postes vacants. Le surcroît de travail qui s'en est ensuivi l'a très fatigué et il s'est trouvé passablement désorienté, ne serait-ce que parce qu'il a dû emménager dans le bureau de son infortuné prédécesseur où il a pour seule compagnie Mlle Février.

Mlle Février est une autre figure de notre entreprise où elle travaille comme secrétaire. Autant Z. est sans mystère, autant Mlle Février, bien que de bonne composition, souriante, disponible, est une énigme. Les deux disparus, dont elle a été la collaboratrice, m'ont souvent raconté qu'ils se faisaient parfois un jeu de son extraordinaire mutisme sur tout ce qui la concernait. Chacun de son côté, ils lui demandaient ses projets de week-end, de vacances, prenaient des nouvelles de sa famille, bref étaient curieux de tout ce que l'usage, une longue fréquentation autorisent sans indiscrétion. Les réponses montraient à l'évidence que Mlle Février ne donnait à aucun des deux la plus petite raison d'être jaloux de l'autre. Pour le dire tout net, ils n'en tiraient rien. À une occasion, et une seule, elle s'était montrée intarissablement bavarde, et même déchaînée, au point d'en être méconnaissable : ils l'avaient invitée à boire un verre, au sortir du bureau, le soir, pour marquer la fin de la semaine. Mais c'est elle qui les déposa, ivres mort les deux, dans un taxi. Au réveil, ils ne gardaient plus mémoire de rien et en restèrent là de leurs questions.

Z. hérita donc de Mlle Février. Elle lui fut certainement précieuse en le familiarisant avec les nouvelles tâches qui seraient les siennes désormais. Cependant, au bout de trois semaines, l'épuisement le marquait et il tomba malade. Les nouvelles que nous obtînmes de son état laissaient diplomatiquement entendre qu'au délabrement physique s'ajoutait un choc émotionnel qui privait notre infortuné collègue de l'intégralité de ses facultés intellectuelles. En d'autre termes, il déraillait, et cela ne fit rire, ni même sourire, personne. Deux semaines passèrent au terme desquelles, à ma surprise, il téléphona chez moi, assurant qu'il se trouvait aussi bien que pouvait l'être une personne dans sa situation.

– Je suis heureux de l'entendre, et croyez bien que je me fais l'interprète de tous nos collègues en souhaitant vous revoir très bientôt parmi nous.

Il y eut un silence anormalement long, puis je l'entendis soupirer.

– Je ne sais pas... personne ne veut me comprendre. Mon état n'est pas mauvais, mais la situation, ma situation, elle, n'a pas changé. Je ne peux pas parler, pas au téléphone... Il faut que je vous voie.

Il refusa ma proposition de lui rendre visite – «il y a ma mère!» – et s'invita chez moi.

Il arriva très en avance et sembla ne pas s'apercevoir de l'embarras où il me mettait. Sans entendre mes recommandations réitérées de s'asseoir, il marchait dans la pièce sur un rythme irrégulier et imprévisible qui suivait sans doute le cours agité ou songeur de ses idées. Je ne le reconnaissais plus. Une nature essentiellement prosaïque luttait avec l'inconcevable et en était renversée.

– Savez-vous que c'est une sorcière?

– Pardon, mais qui donc?

– Mais elle, voyons, ma secrétaire, Mlle Février. C'est une Valaisanne, vous savez, ça se pratique couramment là bas.

– Je vais avoir beaucoup de peine à vous suivre. Calmez-vous et racontez-moi.

– C'est très simple, elle est entrée en moi et contrôle tout ce que je fais. Elle est double, il y a la mademoiselle Février du bureau, et l'autre, celle qui m'apparaît et qui a un autre nom.

– Mais alors comment savez-vous que c'est la même?

– Je le sais, et elle aussi.

– Vous voulez dire que celle qui vous apparaît connaît l'existence d'une demoiselle Février avec qui vous travaillez chaque jour au bureau, et que, sans porter le même nom ni peut-être même lui ressembler, elle est effectivement Mlle Février. Je vous plains d'effectuer des doubles journées, et de retrouver Mlle Février jusque dans votre sommeil, car je suppose que c'est à cette occasion qu'elle vous rend visite.

– Oui, au début, dit-il sans relever la rosserie que je n'avais pu m'empêcher de glisser. Je commençais à trouver la chose divertissante: un tenace pucelage, une banale histoire d'attirance que rendaient tarabiscotée les circonstances et le caractère des deux protagonistes?

– Cela se passe toujours de la même manière. Je me retrouve sans savoir comment devant elle qui est allongée sur une espèce de petit lit étroit. Et bien qu'il y ait un courant d'air froid ininterrompu qui me gène beaucoup, elle est éventée par deux gros nègres qui agitent des palmes. Les vêtements sont bizarres, elle est drapée dans une espèce de cape qui descend jusqu'aux chevilles, mais elle a les bras nus et un diadème dans les cheveux. Quant à moi, je porte quelque chose comme une robe courte serrée à la taille par un cordon, et des sandales. L'endroit où nous nous trouvons ressemble à la scène d'un théâtre; derrière moi devrait se trouver la salle et le public, mais la lumière est si crue qui vient des lampes et des projecteurs que je ne vois rien. Quand je tends l'oreille, j'entends des rumeurs, des éternuements. Mais cela n'a pas d'importance, car j'ai besoin de toute mon attention pour essayer de comprendre ce que dit et ce que me veut Mlle Février. Et pendant que j'ai l'esprit tendu à ce douloureux effort, mon regard erre dans les coulisses. Des gens s'y trouvent qui suivent ce qui se passe sur la scène; il n'y a qu'un seul indifférent, le pompier, il est assis et il fume...

– Vous rêvez continuellement que vous jouez la même pièce de théâtre...

– Ce n'est pas, ou plus, un rêve, et j'ignore jusqu'au premier mot de mon rôle, mais je suis certain de ne pas jouer, ni du théâtre, ni à quoi que ce soit. Il s'agit de ma vie. La mort affreuse de nos deux collègues, vous vous en souvenez, eh bien, c'est elle, vous l'ignorez, qui les a fait jeter aux murènes parce que, m'a-t-elle dit, ils se moquaient d'elle.

– Mais que vous veut cette dame que j'ai de la peine à appeler Mlle Février?

– Elle exige que je sois son esclave, ça, je pense l'avoir compris. Contrairement à ce qui se passe au bureau, elle parle beaucoup, mais si vite et si bas que je saisis parfois un mot ou une syllabe; cependant le sens m'échappe. Si nous sommes au théâtre, aucun des spectateurs n'entend quoi que ce soit. Il était heureux de se raccrocher à ce bout de logique.

– Mais pourquoi ne pas dire à la dame de vos rêves que cela suffit, et sortir de scène tout simplement?

– Je n'ose pas, j'ai peur des murènes, et puis... Je ne voudrais pas faire de peine à Mlle Février.

– ...Oui, les murènes ou l'esclavage... Mon jeune ami, vous savez tout des femmes...

Et je le mis à la porte.

...Comme cadeau de mariage, je leur ai offert un grand aquarium. «Vous y mettrez ce qui vous plaira, les affaires de goût sont si personnelles.»

BEAU CENTAURE

La route commença à s'élever parmi les arbres plutôt clairsemés de la forêt. Il en reçut sur les bras la fraîcheur qui lui donna comme un frisson d'allégresse. La lumière neuve du jour ne faisait pas encore leur part à l'ombre et au soleil, mais les rayons rasants allumaient aux clairières des traînées étincelantes de feu liquide. Propre et huilée, la chaîne s'enroulait silencieusement sur la couronne qu'il avait choisie et dont il ne changerait plus jusqu'au sommet. Ses jambes tournaient souplement et sans effort; le torse droit, les mains posées sur le haut du guidon, il se laissait gagner par la jubilation musculaire qui peu à peu irradiait son corps...

Loin en dessous de lui, loin derrière lui, un bruit insistant avait commencé à enfler et se rapprochait rapidement. Il pouvait déjà en différencier les phases: le coup de frein avant le virage, puis l'accélération, en une succession de grondements qui se muaient en feulements avec maintenant le couinement aigu des pneus. Puis il y eut un long silence: la bête vorace était partie au loin, à la recherche du dernier virage qu'il avait pris, à 1500 mètres de l'endroit où il pédalait. Enfin, à toute allure, la voiture revint dans son dos; elle allait le dépasser. Alors, en un instant, le vacarme fut sur lui: il se sentit fouetté, cinglé par les cordes stridentes d'une guitare électrique; de toute la puissance de ses haut-parleurs, l'auto-radio s'était mis à cracher des salves de notes acérées qui l'atteignirent comme une volée de pierres. La musique cessa au moment où jaillissait de sa gorge le cri qui charriait sa terreur. Puis, lentement et silencieusement, la voiture monta à sa hauteur. C'était un cabriolet ouvert. En tournant un peu la tête, il découvrit la conductrice: elle était jeune, jolie, elle le regardait et lui souriait. La peur qui le tétanisait tomba, le soupir qu'il exhala le fit presque s'effondrer sur son guidon. La voiture avait disparu de son champ de vision, elle s'était laissée glisser vers l'arrière. Puis, avec la même lenteur, le même silence, elle remonta à son côté. La jeune femme s'était maintenant installée, ou plutôt étendue en travers sur les sièges avant, les deux bras passés par la vitre baissée de la portière, le menton appuyé sur le dos de la main. Elle conduisait un pied nu posé sur le volant.

Ses cheveux noirs, courts et bouclés, faisaient une petite frange sur le front. Elle avait le teint très blanc, des yeux en amande, le visage rond, avec des pommettes un peu hautes, les lèvres charnues.

– Salut!

– ...Euh, bonjour.

– Salut, beau centaure, tu es surpris de me voir comme ça, ne t'en fais pas, j'ai mis le pilote automatique. D'ailleurs, il te salue.

Et elle leva le pied en remuant comiquement les orteils.

– Tu sais que tu es bien balancé, beau centaure. Comme tu mènes ta monture au rythme de tes cuisses musclées. J'aimerais être ta monture, beau centaure.

– Écoutez... madame..., il se savait ridicule avec son débit entrecoupé par l'essoufflement et les restes de sa peur... vous arrivez comme... une sauvage...

– Je suis ta chance, ta bonne chance, beau centaure, et tu veux encore que j'arrive à ta convenance, modestement, discrètement, les yeux baissés. Tu n'as pas beaucoup d'imagination, beau centaure, mais c'est égal, j'en aurai pour toi. Tu n'auras même pas besoin de parler. Je connais un endroit, nous y serons tranquilles, laisse-moi t'emmener. Descends de ce tas de ferraille.

– … Entraînement… madame… pas de temps pour… bagatelle…

– Qui te parle de ça? Je ne traite jamais ce que je fais en bagatelle. Au lieu de te fatiguer sur une machine, que dirais-tu d'un corps souple et vivant, hein, beau centaure? Ne va pas prétendre que je ne te plais pas.

– Madame… arrêtez… de vous moquer… de moi…

– Et il faut encore qu'il se fasse prier. Tu es très désirable, beau centaure, est-ce pour ne plaire qu'à toi-même que tu t'entraînes, comme tu dis? Prends garde, je suis douce à ceux que j'aime, et terrible à qui me dédaigne… Oh, il n'est pas curieux, il ne veut pas savoir quelle sera ma vengeance… Tu ne me demandes pas qui je suis, mais moi, sans t'avoir jamais vu, je te connais depuis longtemps, beau centaure, et je te veux du bien, mais tu es trop distrait ou trop absorbé, trop rêveur. Pose les mains sur moi et tu verras si j'existe. – Elle eut un petit rire – Et d'ailleurs, tu dois te décider maintenant: ou tu viens avec moi…

– Ou bien?

– Ah, on dirait que ça l'intéresse quand même. Ou tu viens ou je pars, c'est aussi bête que ça. Et avant, je t'enverrai dans le fossé, ce sera ma petite vengeance. Mais si je pars, tu ne cesseras plus de me chercher, de te remémorer, d'enjoliver notre rencontre, de différer le moment où tu as prononcé les paroles qui m'ont chassée. Alors, que vas-tu faire de moi, un souvenir ou un fantasme? Décide-toi, beau centaure.

CONTE DE FÉE

«Tonton!, tonton!... Ton-tooonnn!!!»

Les chers petits anges... Il fait un effort pour se représenter la distance qui sépare le salon où il se trouve de la chambre des jumelles, avec toutes les cloisons que les petites voix de ces petits êtres doivent traverser pour parvenir jusqu'à lui. Il s'y perd, l'appartement ne lui est pas familier, mais pour qu'on les entende avec cette netteté, il faut qu'elles se fassent sauter la poitrine, elles vont se déchirer les poumons... Ah, on est si bien au fond de ce fauteuil, avec, au creux de la main, la rondeur lisse et tiède du verre à cognac. Il a mangé tout à l'heure, à la cuisine, c'était simple et bon, et vite fait. Son frère en frac lui a tenu compagnie pendant que la belle-sœur couchait les enfants et s'habillait. Il a largement fait honneur au bourgogne, alors que son frère ne buvait qu'un fond de verre. Normal, après la représentation, frère et belle-sœur iraient souper avec les chanteurs et ne rentreraient que très tard. Et lui, qui n'aime pas trop l'opéra, les décharge pour une soirée du soin – c'est un bien grand mot, il suffit d'être là et c'est tout –, des petites. Du soin, mais pas du souci, car sa belle-sœur cache mal son inquiétude d'abandonner les jumelles à la discrétion, ou à la brutalité, voire même à la perversité de cet homme bizarre et taciturne, à la vie qu'on devine si instable en raison même de son apparente immobilité. Et si en partant, elle lui a souhaité le bonsoir d'une voix enjouée, en le remerciant encore de sa précieuse disponibilité, ses yeux ne souriaient pas, mais l'ont scruté avec une attention presque désobligeante.

À la télévision, la publicité se termine, le film va commencer. Mais d'abord un tour du côté des petites. Il se ressert généreusement de cognac et part avec son verre.

« Par laquelle de vous deux est-ce que je commence ? » dit-il en allumant la lumière.

– Tonton, tonton, dis, pourquoi tu as pas de femme ?

– Mais j'en ai une et c'est une longue histoire. Vous voulez que je vous la raconte ?

– Oh, oui, tonton.

Il s'assied sur le rebord d'un des lits, entre les deux petites filles.

– Et bien voilà, c'était il y a bien longtemps, si longtemps que vous n'étiez même pas encore nées. J'habitais un grand et beau château qui était situé au cœur d'un immense royaume. Je n'étais pas seul, il y avait encore le roi mon père et ma mère la reine. Et des serviteurs par dizaines. Vous voyez comme je suis maintenant, mais à cette époque, j'étais encore bien plus beau, on disait de moi que j'étais le plus beau prince de tous les royaumes à la ronde, et les demoiselles me faisaient les yeux doux. Mais moi, je ne les regardais pas, car chaque nuit, je faisais le même rêve. Je voyais une jeune fille qui surpassait en beauté toutes celles que j'avais vues. Je lui parlais, nous nous promenions dans un grand jardin, mais quand je me réveillais, elle avait disparu et la journée s'écoulait tristement.

Ici, il lampe une grande gorgée de cognac, parler lui donne soif. Les petites le regardent fixement, les yeux ronds.

– Cela durait ainsi depuis des mois et des mois. Je ne mangeais plus, je dépérissais, et le roi et la reine, mes parents, se tourmentaient. Ils firent venir un magicien des environs, un puissant enchanteur qu'on appelait le grand Badigoin. Je lui racontai tout, en le suppliant de me trouver le moyen de rencontrer la fille de mes rêves dans la vie de tous les jours.

J'ajoutai que j'en étais éperdument amoureux et que je sentais bien que je l'aimerais toujours. Le grand Badigoin promena sa main ridée dans sa vaste barbe blanche. «Donne-moi deux jours», dit-il, «et je t'amènerai quelque chose qui t'aidera à la retrouver.» Deux jours plus tard, il était de retour, portant avec lui une petite fiole. «Tu boiras cet élixir quand tu te seras retiré dans tes appartements.» Je m'enfermai donc chez moi et j'ouvris la fiole. Le liquide avait une belle couleur un peu ambrée, une odeur puissante, mais pas désagréable. J'en mis une goutte sur ma langue et cela brûlait. Il me fallut faire un grand effort sur moi-même pour boire entièrement le contenu de la fiole. Et le miracle se produisit: la fille que j'aimais était là, avec moi, dans la chambre, gaie, vive, plus jolie que jamais. Je ne sais pas combien de temps cela dura, mais au moment où je voulus lui prendre la main, quelque chose se déchira devant mes yeux et je tombai évanoui. Quand je revins à moi, la fille n'était plus là et j'avais horriblement mal à la tête. Je restai deux jours étendu sans force sur mon lit. Puis je courus chez le grand Badigoin. «Je l'ai vue, je l'ai vue», m'écriai-je, «donne-moi encore de ton philtre!» Je repartis avec une autre fiole un peu plus grande. Et à nouveau, je retrouvai la fille, mais à nouveau encore, notre entrevue se termina comme la première fois. Dès lors, je ramenais régulièrement de chez le grand Badigoin des fioles de plus en plus volumineuses, mais je voyais aussi, à mes réveils encore douloureux, que tout changeait autour de moi. Le palais n'était plus qu'une masure, mes parents avaient disparu. Le grand Badigoin lui-même s'était transformé en vieillard chauve et édenté. «Je vais bientôt sortir de ta vie à mon tour», dit-il, «mais sois tranquille, tu auras toujours de mon philtre.»

Il lève son verre. «Et voilà, mes petites, je retrouve ma femme quand je bois ça.»

«Tu la vois déjà, tonton?» demande une des jumelles.

– Pas encore, mais elle n'est plus très loin.

– On veut la voir aussi, dit la deuxième qui se lève d'un bond et ramène du salon, serrée contre elle, la bouteille de cognac...

Son frère et sa belle-sœur ne l'invitent plus que rarement. Il est vrai qu'ils ont beaucoup à faire pour tenir le cognac hors de portée des jumelles qui réclament souvent l'élixir du grand Badigoin.

LE MILLIONNAIRE

– Monsieur, il n'est pas facile de vous rencontrer, même à celui que vous attendez. La voiture que vous avez envoyée me chercher a mis 45 minutes de mon domicile à votre propriété, aux grilles de votre propriété, pour être précis. Nous y avons été retenu quatre minutes environ, le temps nécessaire aux gardes qui y sont postés pour vérifier qu'un terroriste n'usurpait pas la place de votre chauffeur. Avec beaucoup d'allure, je le reconnais, ils ont, un peu trop ostensiblement à mon goût, dans l'exercice de leur fonction, ce masque de la compétence qui doit en imposer, mais j'ai été militaire, monsieur, et je sais à quoi m'en tenir sur les gens en uniforme. Nous sommes repartis et la voiture a roulé cinq bonnes minutes à travers le parc avant de s'arrêter enfin devant votre maison – je ne dirai pas château –, où se sont déroulées les mêmes formalités qu'à la grille. Monsieur, je crois savoir que vous n'êtes pas marié, et je déduis de cette courte expérience que votre vie amoureuse ne doit pas être simple… Pardonnez cette plaisanterie et dites-moi pourquoi j'ai maintenant l'honneur de me trouver devant vous.

– Puisque vous le prenez ainsi, et j'en suis heureux, permettez-moi de répondre par une autre plaisanterie: parce qu'il est des invitations qui ne se refusent pas, surtout quand elles émanent d'un des hommes les plus puissants du pays, et quand de surcroît, elles sont rémunérées au tarif que vous avez fixé avec mon secrétaire... Comme de juste, je ne me mêle pas des questions d'argent; d'ailleurs, je n'en ai jamais sur moi, mais c'est une coquetterie très commune à ceux de mon espèce. Monsieur, voilà un sujet qui pourrait nous servir de biais pour entrer en matière. Voyez-vous, les gens, les autres, ceux qui sont au-delà de la vitre, quand ma voiture longe les rues où ils sont passants, ces gens m'intriguent, et je ne possède pas assez d'instincts pour conjecturer d'après moi, par sympathie, ce qui pousse ces frères humains... Quand vous m'aurez quitté, vous vous direz sans doute que de certains mots sonnent mal dans de certaines bouches, mais n'anticipons pas. Monsieur, on ne devrait jamais regarder les autres du haut d'une terrasse ou à l'abri d'une vitre blindée. Bref, je pense à eux comme à des êtres qui n'ont pas la chance d'être moi. C'est dire s'ils m'apparaissent pitoyables et exotiques. Je vous prie de remarquer que tous, tant que nous sommes, avons plus ou moins consciemment cette idée. Et pourtant... Certaines natures me fascinent qui portent en elles quelque chose d'opaque et de concentré, à la fois primaire et mystérieux, un noyau d'énergie instinctive, ignorante d'elle-même et de son but, mais déjà tendue vers lui... Ah, monsieur, certains destins ont de ces ironies; la vie m'a comblé, et la nature m'a trompé, et je veux me venger de celle-ci par celle-là. Je vois clair et je suis incapable de me diriger, alors que ces natures élémentaires vont droit à leur but. Si je mets en balance les raffinements dont aime à s'orner mon impuissance et l'efficace brutalité... J'espère que tout cela ne vous rebute pas trop.

– Si, monsieur, profondément, et je ne vois toujours pas où vous voulez en venir...

– Je veux parler de moi devant vous, pas avec vous, entendons-nous bien; pas comme à un confesseur, je n'ai rien à demander, et d'ailleurs, je ne sais pas demander, ni offrir... il ne serait peut-être pas mauvais que je le sache ou que je souhaite le savoir un jour, mais c'est prématuré. Vos réactions me sont indifférentes, comme vous m'êtes indifférent; ne le prenez pas mal, mais en sortant d'ici vous serez toujours l'inconnu que vous étiez en entrant. Quand au risque, pour moi, que vous ébruitiez au-dehors ce que vous aurez entendu, il est minime: qui vous croirait? Et puis, après tout, je ne désespère pas d'éveiller un peu de compréhension, il y a toujours du pathétique chez les exhibitionnistes...

– Vous ne manquez pas de souffle; et vous vous imaginez... Et si je refusais, et si je faisais un scandale?

– Il suffit de deux personnes en présence pour qu'aussitôt intervienne entre elles quelque chose de passionnel. Monsieur, laissez de côté les grands mots et voyez comme votre situation est confortable, je vous ai payé, et vous avez la morale de votre côté. Une seule chose me désobligerait: que vous partiez...

– Et vos... invités se montrent-ils tous également dociles?

– Ils sont mal à l'aise, la tournure des événements les déconcerte, un «oui monsieur» ou un «non monsieur» sont les seules paroles qu'on peut leur arracher. Je n'en veux pas plus, mais cela m'amuse. Ils s'attendent à quelque chose du genre: «un après-midi chez Rockfeller», avec golf, piscine et maître d'hôtel. Ils tombent de haut, ils sont reçus dans ce bureau et, assis devant une eau minérale, doivent assister à mes exercices d'auto-flagellation. Je crois pourtant aller au-devant d'un besoin très répandu parmi les gens de la classe sociale que j'invite, car quand ils ne leur coupent pas la tête, les pauvres aiment à plaindre les riches, c'est un sujet qui fait vendre les magazines. Il n'y a rien de répréhensible à confesser sa misère personnelle, même si, dans ma bouche, son aveu a de quoi choquer. De toute façon, personne ne peut vous en décharger. Et pourtant, j'ai besoin d'une présence, d'une ombre, pour rompre la fascination paralysante qui s'établit de moi à moi, et d'un regard qui m'assure que moi qui parle, je suis encore un être entier et constitué, qui ne se désagrège pas quand il commence à s'examiner. Monsieur, mes tiroirs sont pleins de brouillons, de choses informes, résidus d'heures affreuses passées seul avec moi-même. L'être que je demande au langage de saisir, m'échappe; il est volatile, inconsistant, sa facilité à se dérober m'obsède, il distrait ou hypnotise si aisément l'esprit qui essaie de le sonder. J'écris «je», le sésame qui ouvre mon chaos intime, et s'ensuit alors une transe, un vertige, de dégoût et de délectation. Qui croirait que la variété engendre la monotonie, car je suis divers, monsieur, trop sans doute, et ces subtilités m'ont lassé. Je suis attaché à moi-même comme le boulimique à son kilo de pain: seule compte la satiété qui comblera pour un moment le vide dévorant qui est en lui. Et on appelle cela du narcissisme, mais Narcisse aimait en lui-même sa beauté. Comment nommer la fascination éprouvée devant ses propres déjections? Monsieur, je suis un héritier. L'empire – pour parler selon la sotte façon des journalistes –, l'empire que je dirige, a été peu à peu construit par une lignée – j'aime ces termes dynastiques –, d'hommes énergiques et ambitieux, dont le premier d'entre eux, le père fondateur, le père mythique est entré dans la vie comme ouvrier agricole. Patience, ténacité, esprit d'entreprise, mais c'était aussi un homme rugueux et brutal... Monsieur, je passe beaucoup de temps à interroger les mânes de cet aïeul pas si lointain, à me demander ce que nous avons en commun, et au delà, si dans une histoire aussi exemplaire que la nôtre, ne se manifeste pas encore une loi – faut-il l'appeler biologique? – qui veut qu'aux bâtisseurs succèdent les liquidateurs. Ce n'est pas ce que je désire, entendons-nous bien, mais l'énergie que je n'ai pas et dont débordaient ceux venus avant moi, est-elle irrémédiablement absente ou se cache-t-elle dans un coin obscur, prête à s'employer à quelque grande tâche perverse. Monsieur, je crois m'en sentir capable... Ne prenez pas cet air atterré, je n'ai pas vraiment envie de jouer les Néron. D'ailleurs, je ne le pourrais pas. Je vous ai dit que je suis un héritier qui s'interroge sur sa filiation. Tout en moi déroge... Ne savoir que jouer, ne pouvoir que jouer quand on n'a pas l'esprit d'enfance, ah, monsieur, c'est infernal. Vous connaissez sans doute ce composé étrange d'attente vague et d'insatisfaction diffuse, désagréable à endurer en ce qu'il est entièrement passivité. Imaginez-vous mon aïeul, l'ouvrier agricole, occupé à soupeser ces niaiseries? Obsédé et paralysé par le souci de me définir, occupé d'états d'âme larvaires, je suis entouré d'une organisation et de gens pour qui l'efficacité est la seule loi. Hors de tout, superflu, une enveloppe vide, voilà où nous en sommes... Et cela ne me cause pas la moindre peine. Mes douleurs sont derrière moi; en leur échappant, c'est comme si j'avais pris congé de ma propre histoire. Je me sens désormais tellement libre... et léger. Ah, monsieur, si vous n'étiez pas endimanché, je vous aurais proposé de m'accompagner pour un petit cent mètres autour de la maison. Mais il est vrai qu'on se met sur son trente et un pour rendre visite au millionnaire. Vous, au moins, n'avez pas commis la faute de venir en smoking en plein après-midi comme certains de vos prédécesseurs; cela je sais l'apprécier, croyez-moi. Vous reprendrez un peu d'eau minérale? Monsieur, je voyage, je préside des conseils d'administration où je ne comprends pas le premier mot de ce qui se dit, je signe des documents que je n'ai pas rédigés et qui entraînent des bouleversements à une échelle inimaginable. Mes ennemis me décrivent comme un requin insatiable ou un génie du mal. Mais toutes les décisions se prennent sans mon concours. Elles sont le fait des zombies à l'esprit pratique rassemblés autour de moi; ils ne vivent que pour l'entreprise et n'en tirent aucune gloire. Ils annoncent nos futures orientations, tiennent des conférences de presse et me présentent la plume décapuchonnée avec laquelle je vais parapher leurs décisions... Monsieur, je vous jure qu'il n'y a que moi pour penser que je suis un pantin. La vie de ces gens ne connaît qu'un moment de ferveur qui les humanise un peu: quand je condescends à leur besoin d'adoration, qu'ils me voient, qu'ils ont saisi un de mes regards, mais je me dois, je leur dois, de rester hautain, lointain. Ils sont nuls, savez-vous, mais dans l'acception mathématique du terme. Je veux dire qu'ils n'ajoutent ni ne retranchent rien. Aucune personnalité, que des compétences. À moi qui ne suis qu'un songe-creux bavard, leur existence est un informulable reproche. Vous avez risqué une plaisanterie à propos de ma vie amoureuse ; sachez qu'elle est un élément de notre stratégie d'entreprise, qu'elle entre dans des perspectives d'alliances qui vont aménager de nouveaux équilibres entre les véritables familles régnantes. Monsieur, je crois n'avoir plus besoin de vous.

– Votre numéro est terminé ?

– Ce n'est pas un numéro au sens où vous l'entendez. Je ne me répète jamais, j'improvise. Question d'inspiration du moment, mais il est vrai que je sais mon sujet sur le bout du doigt.

– Une pirouette et adieu ?

– Monsieur, vous avez la meilleure part. Moi, je suis condamné à revivre ce que je ne sais pas achever.

LE MISOGYNE

... Les femmes, vous ne m'avez jamais interrogé à leur sujet, c'en est presque vexant. Vous croyez peut-être qu'elles ne m'intéressent pas, ou pire, que je ne les intéresse pas... Elles ne se jettent pas à mon cou, soit. J'ai peut-être quelque chose qui maintenant rend saugrenue la simple pensée de l'accouplement. Vous saurez pour commencer que je suis marié. Ma femme ne vit pas avec moi, et le goût de la conquête m'a passé quand elle partie. J'ai eu grâce à elle une vie amoureuse très riche. Un mois après notre mariage, elle me trompait déjà; je sais, le mot et la situation sont également ridicules, et j'ai vécu tout cela très mal. Elle changeait d'amants avec une impudeur tranquille. Et moi, je me suis laissé aller à la pittoresque déchéance des misogynes malheureux. Voyez-vous, la misogynie se présente comme un axiome dont chaque histoire particulière fait une vérité d'expérience: les femmes sont des salopes. Cela rend conquérant le misogyne heureux, alors que le malheureux, timoré et fataliste, qui n'en est pas à une défaite près, anticipe seulement qu'il va perdre la sienne. J'ai fréquenté ces êtres grégaires qui aiment à s'assembler en troupeau, le soir, aux lieux où l'on peut boire. Naufragés cramponnés à leur chaise de bar, ils évoluent dans une apesanteur sans légèreté, entre les deux eaux d'une lumière d'aquarium. De la fermentation de ces solitudes oppressées, à la fois semblables et disparates, montent et crèvent, comme des bulles d'air à la surface d'une eau croupie, un rot, un râle ou un grognement. La grâce de l'élocution facile et abondante est refusée au misogyne malheureux; un amer secret a scellé son âme farouche, un secret trop grand pour elle. C'est un traumatisé dont l'esprit lent et scrupuleux passe et repasse, en mots inadéquats et en images crues, la catastrophe qui le tétanise... Je n'ai pas joué ce rôle très longtemps. Une aventure m'a fait rebondir. Je suis devenu, sans le vouloir, l'amant d'une femme que je n'aimais pas. Bien sûr, il a fallu y mettre un peu du mien. J'ai découvert que j'arrivais facilement à feindre auprès d'une inconnue ce que j'étais incapable d'exprimer à ma femme... Oui, j'ai peut-être oublié de vous dire que j'étais alors très amoureux de ma femme... Puis j'ai commencé à jouer de cette faculté auprès d'une autre, et d'une autre, et ainsi de suite. Je me suis laissé entraîner par le côté sportif de la chose. Vous savez qu'à une période de ma vie, j'ai habité un village de montagne, et je me souviens d'un hiver où j'allais à skis de fond, la nuit, aux rendez-vous successifs que m'avaient donnés mes trois maîtresses du moment. Vous ne pouvez imaginer combien est grisante une belle nuit de janvier, froide et claire, quand vous voyez au loin la maison de la femme qui vous attend, alors que vous avez encore sur vous l'odeur et la chaleur de celle que vous venez de quitter. Chaque état d'épuisement révélait en moi des ressources que je ne soupçonnais pas. J'étais profus comme un soleil. Et ces femmes, qui savaient à quoi s'en tenir, je les rendais heureuses. Ah, la sincérité de la chair... Il y a des hommes dont la seule mission en ce monde est de donner de la joie aux dames. Je n'en fais pas partie, il me manque leur tempérament souple et facile. Certes, je les envie un peu, même si le ressentiment des pisse-froid leur a fait une réputation de vulgarité. On n'aime pas les plaisirs simples basés sur des postulats simples. Ma femme s'aperçut enfin de ce que je ne cherchais nullement à cacher. Je ne m'occupais plus d'elle ni de ce qu'elle faisait, rien n'avait donc visiblement changé dans mon attitude, sinon que j'avais cessé de prendre, à chacune de nos rencontres, l'air «vierge et martyr», comme elle disait, qui l'animait à me faire mal. Cette autre vie que je menais à son insu la stupéfia. Elle congédia ses amants, assez brutalement, je crois, mais comment m'en serais-je aperçu? Je n'étais pas curieux de ce qu'elle ne dissimulait pas. Nous nous retrouvâmes l'un en face de l'autre. Comparée à mes maîtresses, ma femme n'avait ni grâce, ni complaisance; elle était entière et douce, un être de fuite, capable, je l'avais éprouvé, de cruauté. Et pourtant, je crus revivre nos premières rencontres où une sympathie, une connivence profondes s'étaient lentement transformées en amour vrai. Ces moments étaient enivrants. Pourtant, la dernière restriction, l'ultime et infranchissable réticence, jamais avouée, la cause de notre éloignement mutuel, se trouvait toujours en nous: la peur égoïste de se perdre en se donnant. C'était particulièrement vrai pour nos étreintes pendant lesquelles chacun attendait de l'autre qu'il s'abandonnât le premier. Ces échecs nous enrageaient l'un à l'autre, si je puis dire. Elle pouvait être frivole et légère, mais pas avec moi; j'étais drôle et sensuel, mais pas avec elle. Nous n'avions rien appris de nos intermèdes amoureux respectifs. Les derniers temps furent terribles, de colère et de rancœur qui empoisonnaient jusqu'aux choses les plus indifférentes. Le passif, si vous me passez le terme, allait en s'alourdissant. Les femmes, et c'est à leur honneur, préfèrent rompre les situations fausses. Elle est donc partie. Je n'ai réussi à être heureux qu'avec des femmes que je n'aimais pas, et je n'ai pas su aimer la seule qui comptait pour moi. Ce sont deux attitudes qui, à mon avis, relèvent d'une forme de misogynie. Mais un handicapé du sentiment ne doit accuser que lui…

LETTRES D'AMOUR

I

Mademoiselle,

C'est sans espoir que je prends la plume pour vous confier ce que jusqu'à maintenant je n'ai encore osé dire à personne... Voilà déjà une phrase inutile, puisqu'il y a bien longtemps que je n'ai plus personne à qui confier quoi que ce soit, pas même les choses indifférentes. Hélas, je n'ai pas commencé que je m'embrouille déjà. Je m'étais bien promis de venir au fait avec tact et concision, de ménager votre patience, et de vous amener à m'entendre dans les meilleures dispositions possibles pour moi. J'ai grand besoin de votre bienveillance, car vous ne me connaissez pas; ou alors de vue, sans savoir mon nom. Peut-être avez-vous fait attention, parfois, à ma silhouette, car même peu doués du sens du ridicule, les gens ne manquent jamais de me remarquer, et je vous crois fine mouche. Toutefois, il me semble qu'on se retourne moins sur mon passage depuis que j'ai cessé de me teindre les cheveux en bleu. J'ai maintenant le crâne rasé sous un bonnet. Bref, cette ancienne et innocente particularité m'a valu une petite notoriété locale, mais elle m'a ruiné le foie, suite aux (trop) nombreux verres que m'offraient les habitués du quartier. Je m'égare encore... Je veux dire que je vous aime, voilà, advienne que pourra. Je suis bien plus âgé que vous, et vous pouvez croire que ce n'est pas à la légère qu'un homme de mon expérience fait une déclaration pareille. Mettez-moi à l'épreuve. Tenez, depuis longtemps, j'ai un testicule nécrosé, éjaculer me fait un mal de chien: eh bien, pour l'amour de vous, je suis prêt à endurer cette douleur infernale autant de fois que vous le voudrez. Sans doute ne formerions-nous pas un couple très assorti, mais je vous rassure: il n'y a heureusement plus assez d'enfants, ni suffisamment de cailloux dans nos rues bien balayées pour que les premiers nous jettent les seconds. Et quand bien même cela serait, je saurai vous protéger. Car je vous l'affirme avec force: ne sont véritablement chevaleresques que les hommes qui ont longtemps vécu seuls. J'ai rêvé aux femmes sans les avilir dans mon imagination, mademoiselle, et le long compagnonnage avec la prolixe misère masculine que drainent les bistrots m'a bien convaincu que je suis un cas très rare. Il semble que la familiarité avec les femmes leur vaille le mépris, voilà qui est paradoxal, car j'observe, et cela vaut pour le séminariste comme pour le Don Juan, qu'on passe beaucoup plus de temps à penser à elles qu'à les pratiquer. Je sais, je parle trop, je n'y peux rien. Parfois, dans la rue, j'essaie d'arrêter les passants, mais personne ne veut m'écouter. Vous, je n'ose pas vous aborder, vous êtes belle, et les belles personnes n'ont pas de patience. Alors je vous écris.

P.S. et avertissement: Je ne connais pas votre nom; pour moi vous êtes la jeune fille blonde au manteau clair. Je sais seulement que vous habitez la grande tour. Je vais donc mettre cette lettre dans la première boîte en haut à gauche. Je demande aux personnes non concernées d'agir en gens bien élevés, et de ne pas prendre connaissance de choses qui ne les regardent pas. Il leur suffira à chaque fois de replacer la lettre dans la boîte voisine à leur droite, jusqu'au bout de la rangée, puis de redescendre d'un cran en recommençant de gauche à droite. Ainsi, vous finirez bien par avoir mon message.

II

Mademoiselle,

Permettez-moi de me présenter: je m'appelle Georges George, et je suis, tout comme vous, client de l'agence matrimoniale «La dernière chance». Si elle a cru discerner entre nous une potentielle adéquation des caractères et des inclinations, Mme Jacqueline Jacques, la directrice, m'a mis en garde contre les personnes de nos tempéraments. Certes, elles ont un besoin absolu et dévorant d'être aimé, mais cela même amoindrit considérablement leur propre capacité à aimer; en effet, dit Mme Jacques, leur rancœur est telle qu'elles font de l'amour une dette quasi inextinguible dont doivent d'abord s'acquitter envers elles la nature, la société, leurs proches, et le monde entier. Saurons-nous forcer le destin? Je fais en tout cas ici les premiers pas et vous présente ma famille. Du côté paternel, elle est enracinée ici depuis des générations et a un peu essaimé du côté de l'Allemagne («Georg»), et de l'Italie («Di Giorgio»). Un oncle, toujours vivant, est parti pour l'Amérique, où il n'a pas manqué de faire fortune («George G. George») en fondant une entreprise en Géorgie. Le côté maternel, Georges (avec s), a des origines françaises. Pour l'anecdote, sachez que j'avais un frère, «Boy George», que la puberté et une petite opération ont transformé en «Girl George»; nous l'appelons entre nous Gégé, et n'évoquons pas sans un peu de malaise sa vie amoureuse. Mais nous sommes, je suis, totalement exempts de préjugés. La preuve: vous êtes Valaisanne, et nous faisons partie d'une communauté religieuse qui voit dans les Valaisans les descendants du dragon qu'a combattu Saint Georges, notre patron (ce qui expliquerait l'hostilité légendaire des ressortissants de ce canton pour tout ce qui s'appelle George). Je saurai me montrer aussi courageux que lui, et m'engage à émousser, dans notre intimité, pas moins de quatre lances par jour. Je songe même à quelque chose d'extravagant et mémorable, à la mesure du sentiment que je vous porte déjà. Je propose de célébrer le passage à l'an 2000, le 31 décembre 1999, sur le glacier d'Arola, à 2000 m d'altitude, en faisant l'amour, tout nus dans la neige. Et je me flatte que, si vous ne pourrez entendre les volées de cloches qui annoncent le nouveau millénaire, vous sentirez du moins le branle plus modeste de mes deux grelots. Une désunion, une séparation sont-elles envisageables pour un couple capable de se faire de tels souvenirs? Certes non, et je rêve déjà à d'autres étreintes qui pourraient faire de nous, en termes de marketing, les baiseurs de l'impossible. Rien que nous deux et une caméra. J'ai toujours su joindre le pécuniaire à l'agréable. Il y a un marché à prendre, et nous en reparlerons.

Respectueusement à vous,

Georges George.

JAMAIS ÉCRIT, DÉJÀ PUBLIÉ

Fort de 450 pages et substantiel comme une bouse fraîche, ainsi se présente le nouveau roman campagnard de notre prolifique auteur. On y retrouve tous les ingrédients qui ont fait le succès de ses productions précédentes : un domaine, deux domaines, des bornes déplacées, un registre cadastral imprécis, des haines ancestrales, un concentré de Roméo et Abel et de Juliette et Goliath, avec des rappels de l'enlèvement des Sabines. Il s'agit surtout d'un monument élevé à la famille, la famille aux trois strates – enfants, parents, grands-parents. Cette fois-ci, cependant, on en a remis une couche, un sédiment particulièrement ancien, une arrière-grand-mère, minuscule dans un fauteuil qu'elle fait paraître immense, couverte de châles épais, et dont seuls les yeux parlent selon l'intensité de la lumière que l'auteur y fait miroiter. Il faut remarquer chez lui cette constante, de dépeindre les âges de la vie comme un processus de distillation, de concentration. Les jeunes gens, quand ils se sont soustraits un moment à la surveillance des aînés sont expansifs et bouillonnants comme du moût en fermentation. Les parents ont le côté charpenté, solide et chaleureux d'un grand vin rouge. Et même si les couleurs chaudes s'effacent en passant continuellement par cet alambic de l'âge, les grands-parents atteignent les concentrations inouïes qu'on sait encore donner, dans nos campagnes, à certaines eaux de vie. La mort même apparaît ainsi comme l'ultime opération qui nous rendra définitivement volatile. Mais l'arrière-grand-mère est toujours bien là. Son omniscience se double d'un paradoxal mutisme, et n'est, par conséquent, d'aucun réel secours aux protagonistes de cette histoire. À vrai dire, il y a une malédiction attachée au langage, qui se résume comme suit: plus on parle et moins on en sait. La parole est la marque d'une errance plus littérale que psychologique, car les choses et les gens n'ont ici qu'une dimension. Le mutisme des anciens les rapproche de l'harmonie monotone de cet univers dans lequel la mort tarde à les fondre. Du langage naît donc la confusion. Les personnages de bavards, les personnages simplement bavards sont particulièrement maltraités par l'auteur: il leur refuse la richesse, la beauté et même une élémentaire intégrité physique. Figures d'un mal subalterne et sans séduction, ils remplissent avec un zèle morne leur pensum de têtes de turc. Pour autant, ils ne sont pas les émissaires du mieux-disant citadin. Un ailleurs est impensable pour ce monde clos. On s'étonnera du peu de prestige accordé par l'auteur à ce qui reste quand même son matériau. Celui qui se veut dispensateur d'ivresses devrait regarder au flacon. Hélas, on le devine lui-même insensible au mal contre lequel il veut vacciner le lecteur. Ses bavards ne savent pas s'exprimer, ils se contentent de parler longtemps. Ils ont le péché laborieux, et malheureusement pour lui, l'auteur ne voit pas que ses personnages instruisent son procès. Il parle comme eux. Donc, pendant que, une fois encore, les jeunes gens battent la campagne dans tous les sens du terme, le savoir a terminé sa décantation chez les grands-parents. Il s'exprime alors sous une forme tellement ramassée qu'elle en fait imploser le langage, le ramenant aux seules voyelles, comme à la gamme pentatonique originelle qui le contient tout entier. Ainsi, dans une des scènes les plus fortes du livre, au retour d'une équipée qui ne leur aura rapporté que coups, écorchures et contusions de toutes sortes, les petits-fils doivent subir, de la part de l'aïeul, une malicieuse mercuriale condensée en un seul mot: «ouaei...» (p. 372). Ce roman, dans lequel les bons sentiments sont tout à la fois la route et l'ornière, où le même aride personnage, démultiplié en de nombreuses silhouettes, parmi lesquelles des figures de prêtres, délaie une morale qui n'est plus d'aucun âge, n'a rien de chrétien, ni peut-être de païen, (si ce n'est au sens étymologique). Quel que soit le nom qu'on lui donne, quelles que soient les dispositions qu'on lui prête, l'ordre qui règne sur ce monde l'étouffe. L'auteur voit un paradis dans cette nature constamment endimanchée. Qui abonde cependant de microclimats moraux, lourds de pluie, de grêles, de gelées tardives et précoces, qui viennent crever sur les champs et les récoltes des personnages antipathiques. Et ceux-ci, quand la providence n'y suffit plus, sont invariablement roués de coups par les personnages positifs du roman. Une fois pourtant, et une seule, l'auteur se laisse aller, envers ces êtres disgraciés, à un geste de simple humanité: il les achève à la fin de son livre.

CONTREPOINT

«Si tu étais une maladie, elle serait sûrement mortelle.» L'enfoiré qui a dit ça, je lui aurais... Oh, et puis...

* * *

Quand il m'arrive – et c'est si fréquent – d'éprouver de la lassitude, de l'épouvante, ou de l'indifférence pour ces tâches (je les jetterais à tous les diables si j'avais le tempérament plus heureux...), toujours semblables, si ce n'est dans leur résultat, du moins dans ma façon de les conduire à bien – ou à terme – (les deux expressions ont une séduisante impropriété...), point alors le désir de me débarrasser du poids de mes histoires et de ma vie. Mais ces maussades, ces insignifiantes péripéties y sont figées comme de la morve dans un mouchoir. Et moi, je les voudrais faciles, je les voudrais ailées...

* * *

Qui c'est qui m'a filé un bourdon pareil. Même le soleil s'est noyé dans mon verre. Je sirote de l'encre et j'ai la chique pleureuse; avec ma sinusite, je vous raconte pas la couleur de mes kleenex. Encore un peu et je me flingue.

* * *

Ah, me faire diseur de riens gracieux, quand j'ignore si j'emprunte la grimasse de mon sérieux aux choses graves dont je suis le peu sacerdotal porteur ou à l'effort que me coûte l'impossibilité de m'en débarrasser. Ne s'abandonne pas qui veut, on ne se laisse pas aller comme un ventre se lâche. Une certaine grâce est requise dont est dépourvu celui qui prolonge dans la difficulté de dire sa difficulté à vivre.

* * *

Entretien d'embauche. Je déteste ces types gominés qui se montrent d'autant plus polis qu'ils vous savent dans la merde. Pour un peu, on les remercierait de vous y laisser. Car celui-ci va m'y laisser. Cette condescendance du mec bien sapé devant un veston défraîchi... Savoir dès le premier regard que ce sera non, et, en savourant le plaisir de se le répéter pour soi tout seul, mettre la bouche en cœur, et lâcher: «nous vous écrirons», j'ai bien vu que ça le faisait jouir. Taré, va.

* * *

Des paroles errantes, autant dire un peu de vent produit par un peu de vide, et je me consume de ne savoir en faire des histoires. C'est un pensum ingrat. À se tenir hors de la vie, on se fatigue encore à essayer de la singer.

* * *

Je sais plus quoi inventer. Si je fais le compte des copains, ou de ceux que je considérais comme tels, qui m'ont lâché, qui, lorsque je les rencontre, agitent les bras comme des ailes de moulin pour me crier «à la prochaine!», avant même que je leur adresse le premier mot, ça me met en rage, et j'ai comme des envies de devenir violent.

* * *

Je ne jouis plus de mes facultés, ainsi que le dit, avec une nonchalance abyssale, le langage courant: j'en ai perdu l'usage. Mon ego a tout envahi. Alors je les garde, je les conserve avec des minuties de gardien de musée ou d'antiquaire, étonné de cet embarras de richesses.

* * *

«Ne va pas à un enterrement», qu'ils me disent, «on te prendrait pour l'assassin, ni à un mariage, tu leur porterais la guigne.» C'est vrai que le seul mariage auquel j'ai assisté a foiré. Mais c'était le mien. Seules m'en sont restées les dettes et la pension alimentaire. Ou comment un projet qui devait ouvrir l'avenir a fait de mon passé un sac de plomb.

* * *

«Je me détache de ce qui se détache de moi», où ai-je pêché ça? N'importe. À peine distincte du magma qui me compose, ce n'est pas cette fange qui me dégoûte, mais l'excessive délicatesse qui me fait souhaiter être ailleurs. Comme si on pouvait s'y trouver mieux. Il y a en moi un principe d'inertie fiché au centre de l'agitation potentiellement centrifuge de mon mal-être. Un état vécu à la façon de ces insectes, paralysés par un venin, réceptacles de la progéniture de leur agresseur, et qui lui serviront de garde-manger.

* * *

Je m'assieds sur une chaise, bien droit, la paume des mains sur les genoux, et je reste immobile. Je me débarrasse de l'idée que j'attends quelque chose. Il n'y a plus de temps. La nuit vient. J'étais moi aussi, il n'y a pas longtemps, une partie de cette vie diverse et contradictoire dont le bruit des appartements voisins m'envoie l'écho. Elle me reprendra peut-être, mais je conserverai quoi qu'il arrive les armes que la solitude et le malheur m'ont données contre elle.

* * *

je me sentirais rassuré d'accrocher ma peur aux mufles des fantoches qui m'environnent. L'horreur que les sens nous transmettent n'est jamais assez nue; l'anecdotique, le pittoresque la parasiteront toujours, la couleur ou le bourdonnement des mouches sur le cadavre. Un fossoyeur rigolard sommeille chez le plus délicat. Je sécrète moi-même les figures de ma peur; elles ne ressemblent à rien.

* * *

Visite des enfants. Ils se sont soudés contre moi. Il est stupéfiant de voir chez des êtres si jeunes une perversion innée renchérir en raffinement sur la froideur et la méchanceté que leur enseigne une mère excellente maîtresse d'école. Patience, ce qu'ils tiennent de moi saura bien me venger d'elle. Un venin est en train de macérer, que le chaudron de la puberté va lui jeter au visage, à cette salope.

* * *

«Si sa femme avait pris les filles, il avait heureusement gardé les chats: Georges le chartreux, aristocratique et cérémonieux, dont le miaulement avait une pointe d'accent slave, et Isabelle la plébéienne, éternelle offensée, superlativement femelle par le mauvais caractère, qui avait pour Georges – on l'avait coupé, mais cela n'expliquait pas tout –, une rancune de tous les instants. Georges passait plusieurs fois par jour recevoir quelques caresses sur sa belle tête, alors qu'il fallait négocier longuement avec Isabelle. Et quand enfin elle s'abandonnait, d'un coup, comme si elle tombait en catalepsie, ses ronronnements faisaient trembler les murs. Ces transes heureuses, elle en perdait instantanément le souvenir, comme de parenthèses hors du cours invariablement amer de son existence. Les séparer aurait été simple et sage, mais leur couple mal assorti lui donnait une leçon de vie; il admirait l'élégance de Georges, si supérieur aux événements, et avait de la compassion pour Isabelle, si peu douée pour le bonheur.» Et moi, animal dénaturé, mais toujours animal, ne suis-je pas trop docile à ce qui me pousse à me conserver?

* * *

Que faire quand tout s'est effondré, que la destruction touche jusqu'à la perception que j'ai de mon corps? Je n'ai plus ni froid, ni faim, je ne sais plus me situer dans l'espace; je me heurte aux choses et aux gens; et pourtant, ce qui me fait aller, à quoi je prête mes yeux, le seul sens qui me reste, est abstrait, désincarné, un noyau d'énergie haineuse, trop diffus pour me faire passer à l'acte, mais, par compensation peut-être, assez fort pour parasiter toutes mes imaginations. Je me consume à rêver des vengeances... J'en étais là de ma familiarité forcée avec les chiens hurleurs, quand j'ai vu et entendu, dans la rue, un vieillard affreux, dément, faire de la musique sans savoir en jouer, toujours le même air, une rengaine insupportable. Je lui ai donné de l'argent, bêtement, j'étais bien le seul: ce type vous répugnait à décourager la pitié. Il ne s'est aperçu de rien, bien trop absorbé par son jeu, le regard tourné au dedans, Dieu sait ce qu'il devait y voir, moi, ça m'aurait fait peur. Je l'ai donc laissé à lui-même et je suis parti. Mais c'est comme si, depuis, j'étais sorti du cercle qui m'enfermait. Je suis plus que jamais dans la merde, mais je refuse dorénavant ma ressemblance à ceux qui veulent parler en mon nom, ce sont des hôtes abusifs à qui je ne laisserai pas le dernier mot.

* * *

En somme, je vois la vie et ses contingences telles des vagues battant la falaise loin au-dessous de moi, et je me voudrais hors d'atteinte de leurs embruns, indifférent à leur clapotis. Il n'en a rien été, je l'ai assez éprouvé à mes dépens; rien n'est arrivé de ce que j'ai anticipé, ce qui est arrivé était si incongru. Je me fais gloire de ce décalage. Quand un passant glisse et tombe, et je suis tombé souvent, je ne suis pas du côté des rieurs; je me relève sans établir avec leur sottise la connivence d'un sourire. J'ai choisi la solitude, et tant pis si elle a souvent été plus subie que vécue. Événements, changements, bouleversements se raréfient. C'est à dire que je ne les souhaite, ni ne les provoque; je ne commande pas à ceux qui seraient en mon pouvoir, et quant aux autres... Je disais donc: les événements se raréfient, et dans le vide qu'ils laissent ou qu'ils ouvrent, il y a le langage grâce auquel la despotique raison assouvit sa fureur de diriger, libérée enfin des soucis d'intendance. Je lui laisserai le dernier mot.

PÈRE NOËL

L'heure pressait, il devait rentrer; il avait déjà fait demi-tour quand il attrapa le premier, une rencontre heureuse qui venait un peu tard, hélas, dans une rue désertée, presque une impasse, sordide, tortueuse, encombrée de poubelles, un de ces dépotoirs parallèle aux rues passantes, populeuses et éclairées. Le gamin était venu en trébuchant vers lui, la figure sale et morveuse fendue de cet hideux sourire enfantin qui creuse les fossettes et arrondit les pommettes. «Pè'e Noël, pè'e Noël!», ses petits bras tendus. Habits déchirés et dépareillés, obésité malsaine, un enfant de pauvres. Il reconnaissait d'instinct la race maudite. Ascendance paternelle, ascendance maternelle, un fouillis généalogique dont chaque rameau, chaque épine avait obscurément bouturé ses tares sur les générations suivantes; une longue suite de pauvres, plus ou moins décents, jamais honteux, ponctuée de quelques cas franchement misérables parmi lesquels deux ou trois, une funèbre élite, avaient, sans se plaindre, rendu sur l'échafaud leur vie bariolée. Il tendit lui aussi les bras, lui aussi sourit. Il était tenté de faire grâce: serait-il juste, serait-il équitable d'empêcher un pauvre irrémédiablement pauvre d'atteindre à l'âge de maudire la vie, de le priver de son content d'amertume? C'était surtout rompre la chaîne par laquelle un être passif devient maillon agissant de ce

Grand Œuvre qui multiplie et fait prospérer la haine et la méchanceté. La pauvreté s'entretient si bien elle-même. Il haussa les épaules pour se dégager de l'indécision qui le gagnait et sortit rapidement le rasoir. La houppelande absorba quelques éclaboussures et il abandonna le petit corps dans une poubelle dont il referma sans bruit le couvercle. Il gagna les rues passantes. Il préférait décidément, pour opérer, le bruit, l'agitation, la pleine lumière; il en avait fait les contraintes nécessaires qui, dans le domaine étroit où il s'était spécialisé, déterminaient, selon lui, le véritable artiste. Il se voulait tel, comme ceux à qui un travail contraignant et absorbant, mené avec rigueur, donnait la nostalgie d'une activité libre. S'il adhérait aux finalités, l'exécution de sa tâche avait quelque chose de pénible; la matière en était ingrate et on ne pouvait espérer la reconnaissance. Il voulait l'imprévu et avait résolu de ne rien faire sans élégance. Il avait le vague espoir de retrouver un petit garçon de son voisinage, particulièrement insupportable, fléau des chats et de sa mère. Celle-ci, avec l'aveuglement habituel aux génitrices, mesurait la réussite de sa tâche à son degré d'épuisement. Il était total et cela faisait sa fierté. Elle s'épanouissait à seulement contempler le petit vampire. Il avait surpris en passant ce regard humide et décidé de la libérer malgré elle de son tortionnaire... Enfin, si l'occasion se présentait, car il devait éviter toute fixation, tout ce qui aurait pu relever d'un choix. Il en allait de son impunité et peut-être aussi de son calme et de son insouciance. Être imprévisible était la seule loi. Malheureusement pour lui, ses talents d'exécutant étaient loin derrière la hardiesse de ses conceptions. Il avait imaginé de glisser des mygales dans les poussettes, et, les mains un peu moites, s'était livré, chez lui, dans son grand attirail de Père Noël, à une séance d'entraînement. Il fallait se pencher très bas sur la poussette, faire glisser la boîte hors de sa manche, dégager le couvercle et libérer l'animal sous les couvertures. Il se relevait, quand il vit, accrochée aux poils blancs, la mygale qui avait entrepris de remonter rapidement le long de sa barbe. Un dixième de seconde lui suffit pour arracher, dans un grand cri, barbe, poils et peau. Il se jura d'avoir dorénavant le sens pratique. Entretemps, il était arrivé, les occasions d'agir se retrouveraient: tous les Noël passés, à venir, hors du temps. Au nom de l'imprescriptible droit de rêver, qu'il revendiquait un peu trop. Il pouvait encore, sans allonger son chemin, voir comment les choses se passaient en ce début de soirée. Il entra donc.

Les six étages du Grand Magasin Swift ruisselaient de lumière; tantôt elle tombait en cascades profuses et multicolores sur la foule massée aux portes et aux vitrines, ou, par un mouvement inverse, semblait jaillir, en une fulgurante extase, de cette même foule, dont elle amenait jusqu'aux étages directoriaux, telle la corolle d'un feu d'artifice, la ferveur annonciatrice de chiffre d'affaires. Les Père Noël étaient partout, répartis en petites brigades le long des vastes côtés de chacun des étages. Inlassablement ils essayaient d'attirer l'attention des mères et des enfants en jouant de la musique, dansant, ou jonglant avec d'énormes paquets enrubannés qu'ils faisaient mine d'offrir aux badauds, et ils roulaient les yeux, comme des amoureux de cinéma muet qui présentent un bouquet à leurs belles. Les plus audacieux n'hésitaient pas à plonger dans les poussettes, aux profondeurs desquelles ils arrachaient tout à la fois enfant, couvertures, nounours et lolettes. Puis, tels des vanneurs séparant le grain de la balle, extrayaient le bébé de ses pelures successives, le coinçaient, demi-nu et hurlant, sous le bras, et, les yeux pétillant de bienveillance, se présentaient à l'objectif du photographe. L'enfant, plus la photo, plus un pain d'épice, était enfin rejeté dans la presse et la confusion où il disparaissait.

«Rien n'est trop beau pour ceux dont nous préparons l'avenir.» Ce slogan, son slogan, on pouvait le lire un peu partout, en lettres d'or sur fond bleu. Deux images en dyptique l'illustraient: la première, faite de traits noirs sur un fond gris, intitulée «Plus jamais ça», stylisait les visages amaigris et les grand yeux d'enfants affamés ou maltraités. La deuxième, une photo en couleur, présentait un bébé rigolard sous la légende: «Grâce à vous, grâce à nous». Le magasin s'était entièrement dédié à l'enfance, jusqu'au rayon boucherie qui offrait la viande de jeunes animaux élevés sous la mère. L'attraction la plus courue, l'attraction-reine, se trouvait au 3e étage et avait été nommée la Conception par l'oreille. Maintenu par une sorte de harnais auquel étaient fixées deux ailettes de plastique blanc, un bébé, attaché à une grappe de ballons multicolores et de toutes tailles, planait au-dessus de grandes corbeilles en forme de pavillons d'oreilles, aux diamètres inégaux, dans lesquelles il devait atterrir. Pendant que son père, à l'aide d'une longue laisse essayait de le maintenir à la verticale de l'orifice désiré – les plus étroits étaient les plus rémunérateurs –, la mère, armée d'une carabine à air comprimé, tentait de faire sauter les ballons, un exercice difficile, à la précision aléatoire, tant étaient forts les turbulences et les déséquilibres provoqués par leur éclatement. Le plus souvent, au terme d'une trajectoire tourmentée, le bébé et ce qui restait de son attelage s'abîmaient loin des corbeilles, parmi les rires.

Il avait gagné le petit ascenseur privé. À l'intérieur de sa confortable cabine, il eut le temps de se défaire de la hotte et de la houppelande. Seule la grande barbe blanche s'étalait sur le plastron du smoking quand il se retrouva devant sa secrétaire. Souriante et rose, elle tenait à la main une flûte de champagne. « Ces messieurs du conseil et leurs épouses vous attendent, monsieur le directeur, joyeux Noël. »

LES HERBES DE PROVENCE

Voyez-vous, monsieur, j'ai de l'argent. Il est des aveux plus pénibles à faire. J'ai de l'argent, donc je suis riche. Mais je ne sais pas en user, donc je suis doublement pauvre. Monsieur, cela n'est nullement le pauvre exercice d'un pauvre raisonnement, mais la constatation prosaïque de ma réalité... Monsieur, j'ai voulu avoir de l'argent afin d'acheter du temps, mais je suis volé, et m'aurait-on payé infiniment plus que je le serais toujours... Enfin ce n'est pas là mon propos. On ne se prostitue pas impunément. L'occupation que vous appeliez alimentaire, ou mercenaire, peu importe, à laquelle vous avez convenu de vous prêter seulement, et pas tout entier - vous n'y déléguez que votre risible enveloppe, le pantin, la part des autres, qu'on abandonne de gaîté de cœur -, voilà que cette occupation, monotone, mécanique, sans conséquence, ainsi vous l'imaginiez-vous, pour l'exercice de vos véritables facultés, entreprend de vous dévorer, et que se rompt un équilibre que vous espériez durablement établi et qui était tout à votre avantage... Je dis vous, monsieur, mais ce n'est pas de vous dont je parle, ni de moi non plus, enfin, pas tout à fait... Vous aviez donc parié sur vous-même, tout bas, car quoique vous vous en défendiez, l'emphase vous touche, vous avez tenté de la bannir des mots, mais votre comportement la dénonce, le tout ou rien dramatique de vos mises en scène; le dédoublement vous est familier entre le songe-creux qui fixe les buts à atteindre et l'animal désorienté qui s'en montre incapable, en sorte que l'échec et le renoncement sont tacitement inclus dans le murmure qui porte votre défi. Ah, qu'il vous est aisé, ce terrible passage! Où donc vous trouvez-vous, et à quoi jouez-vous? Vous avez voulu acheter du temps, mais, ironique retour des choses, dans le sablier, c'est encore l'argent qui s'écoule, la petite monnaie des heures que vous vous sentez incapable de transmuer, cette indigne angoisse... Vous avez perdu la foi en ce que vous faites, en ce que vous aviez l'intention de faire, en ce que vous auriez voulu faire, le futur, le potentiel, vous avez toujours pris l'un pour l'autre, mais cela n'avait alors aucune importance, l'avenir allait démêler tout ça, la liberté portée par la rhétorique, mais vous ne saviez pas encore que les vocations par le ressentiment ne sont pas les mieux trempées. Quelque chose d'insidieux s'est glissé en vous, que vous n'avez plus l'énergie de combattre, quelque chose qui ressemble à de la résignation, que vous ne voulez pas croire définitive, ce serait alors sans espoir, il n'y aurait plus qu'à tout laisser tomber, si seulement vous saviez quoi, car somme toute ce que vous portez n'a pas de poids, c'est impalpable et étouffant, cela vous laisse le pouls mesuré, mais la faculté de penser semble se désagréger, et c'est bien dommage, c'était la seule qui vous restait encore, les autres, la sensation, l'émotionnel, vous les avez balancées par-dessus bord, elles vous étaient inutiles alors que maintenant peut-être vous conviendrait-il de les regretter, vous flottez comme un bouchon sur l'inertie des choses, un peu de ballast ne vous serait pas inutile, je reprends. Monsieur, je mets à vivre et penser, un entêtement de rongeur, de taupe, je creuse mon tunnel dans l'obscurité, sans savoir où je vais, et à vrai dire, cela m'importe peu. Je voudrais seulement, par le mouvement, échapper à l'affaissement, l'écrasement par l'immobilité... Bref, quand cette occupation dite alimentaire attaque votre vie comme une gangrène, alors, par une atroce ironie – cette conjonction de termes est de plus en plus fréquente quand on perd le sens de l'humour –, vous ne vivez plus que par et pour l'aliment, vous l'ascète, vous le moine, vous devenez un ventre, uniquement un ventre, et peu importe que vous n'ayez aucun appétit. Avez-vous déjà eu faim sans avoir d'appétit? Monsieur, ce n'est pas là une de ces distinctions vaseuses dont je suis coutumier. Vous êtes affamé, prêt à périr de consomption, et pourtant le dégoût vous soulève le cœur. J'en suis là, monsieur, c'est la protestation de mes instincts contre l'incurie des facultés supérieures, la grève du végétatif... Ne plus répondre que par l'inertie aux injonctions de la tête. Monsieur, ma pensée ne me dirige plus, elle m'a oublié ou égaré; elle s'occupe toujours de moi, bien sûr, elle ne sait faire que ça, mais comme d'un être fantastique, d'un fantôme, d'une projection inconsistante: ma personne réelle lui échappe. Cet abandon me laisse désemparé dans des situations que je ne maîtrise pas. Je vis un cauchemar dont je ne me réveille plus. Entre le funambule qui me figure et la réalité, c'est à dire le chevalet où je suis attaché, quel hiatus, ce n'est plus vivable. Mais comme d'habitude, nous reculerons, nous y regarderons à deux fois avant de nous tirer une conséquence en pleine tronche. Il s'agit donc de continuer, au mépris de la logique, à vivre, mais je n'y suis pour rien, et à dire, essayer d'habiter cette parole, moi qui suis trop rarement quelque part, jamais dans les mots que je dis, ce sont eux qui me parlent, je veux dire qu'ils chantent ma geste, ils sont mon attelage, mes grands chevaux, des bêtes poussives, hélas, qui tournent en rond sur la sciure grise d'un pauvre cirque, mais je n'ai pas le choix; je les mime, ils me soufflent mon jeu, et parfois, à ma grande surprise, surgissent des bouts de vie... Monsieur, les mots, à les dire seulement, me souillent la bouche de leur goût d'encre, mais il arrive qu'ils se fondent dans ce qu'ils évoquent, dans ces fantômes de sensation... Le numéro est rodé, et j'ai été bon public; nuances, intonations, intentions, je me faisais des triomphes. Maintenant, je parle moins et je ne m'écoute plus, mes effets sont éventés. J'ai oublié d'agir, cela m'apprendra à venir en mon nom. Seules les paroles sont restées qui ont quelque chose de grinçant et mécanique. Intermittences, hésitations, atermoiements, tout le vocabulaire du dilatoire, moi, l'insuffisant avocat de ma propre cause, je l'ai utilisé, je l'utilise encore, pourquoi parler au passé, ce vieux truc, s'imaginer dominer ce dont on parle et taire ce qui vous domine (le tu tue!)... Mais c'en est fini de tout ça, j'ai assez fait le pitre. Je vais recommencer, je recommencerai, tout bas, quand auront fini de s'exhaler, comme des parfums, les harmoniques de mon premier silence. Car jusqu'ici je n'ai connu que celui qui fermait les êtres et les choses... Ah, monsieur, ce besoin panique qui vous force à parler quand vous a dénudé l'hostilité muette de ce qui vous entoure. Mais cela aussi, c'est fini, il n'y a plus personne que moi seul. Et dans ma tête aussi, ils se sont dissipés, les complaisants, les faire-valoir, amis, ennemis, c'est tout un. À moi le dégoût, l'ennui, la désespérance, le fumier où pousseront mes chardons. Fausses élégances, fausse pudeur, pseudo-vulgarités, semblant de lucidité, ce n'est pas demain que je cesserai de me donner en spectacle.

LA STATUE

Elle aime à rester debout, immobile, la tête droite, presque renversée, les yeux perdus dans le lointain. Les bras reposent inertes le long d'un corps sans élégance. Une attitude de tant de naturel qu'on la dirait composée. Mais son esprit lisse ne fait pas de tels calculs: aucune affectation dans cette pose. Elle ignore les regards que le hasard, un moment, accroche à elle. Si légère que l'agitation qui l'entoure l'entraîne intacte. Elle échappe à l'attention, à celle par exemple de ceux qui la côtoient. Le premier mot qu'on lui adresse suffit à rompre cette immobilité minérale qui se recompose au prochain silence. Elle rêve peut-être, elle rêve sûrement, mais elle ne dirige pas son rêve: les espaces sur lesquels son regard est ouvert sont vides. À l'écart de la vie. Elle veut autre la pérennité à laquelle elle aspire; l'immuable et ses images la fascinent: un lac, une forêt, des rochers. Elle est ce paysage et non les yeux qui le contemplent. Et pourtant. Le sourd travail des catastrophes élémentaires se couvre de ce calme; attendre et céder. Quel apaisement de porter en soi, impersonnel, le principe de sa propre ruine. Elle a un admirateur qu'attirent ce corps et cette attention dénoués, si semblables à de la disponibilité, le visage placide aux grands yeux pâles. Pour tout dire, il l'aime déjà et prévoit sans s'affliger qu'il ne sera pas exaucé. Il ne le désire pas non plus et se contente de remercier la vie qui lui a désigné cette image d'une interrogation familière et sans réponse.

MES SALONS

Lætitia

Le troisième étage d'une tour d'habitation. Beaucoup de passage, et du bruit en conséquence. La discrétion laisse également à désirer; il est impossible d'entrer dans le studio sans être abreuvé de commentaires salaces par des oisifs plantés devant la porte. Les amateurs y trouveront un piquant supplémentaire. Qui pourrait être bien le seul. Mademoiselle Lætitia attend assise derrière une petite table sur laquelle – ce raffinement est à noter, mais est-il heureux? – un vase est disposé de telle sorte que la corolle de la seule fleur qui le garnit semble, pour le visiteur, jaillir des lèvres rouges et pulpeuses de mademoiselle Lætitia. Le plateau de la table, en verre dépoli, posé sur une armature de minces tubes en aluminium, le vase long et effilé, les murs enfin, couleur vert eau, tout concourt à donner une impression de fonctionnalité assez froide. Mademoiselle Lætitia vous reçoit dans une blouse et une jupe légèrement défraîchies qui sont à la profession ce que représente le survêtement pour l'athlète: il les enlève au moment du concours. Notre hôtesse commence par s'enquérir de vos désirs, propose ses spécialités. Le programme établi, on discute mode de paiement. Mademoiselle Lætitia accepte les cartes de crédit, moyennant une légère majoration; mais confiante dans la qualité de ses prestations, elle insiste pour que le règlement intervienne au terme de la séance. Nous allons enfin entrer dans le vif du sujet. Le client est invité à se déshabiller à l'intérieur d'un réduit médiocrement aménagé, une sorte de carton à chaussures inconfortable. Il manque des cintres, et tout donne à penser que l'atmosphère se souvient des clients successifs contraints de la respirer.

Les ébats de Mademoiselle Lætitia avec ses visiteurs se déroulent dans un espace clos, agréablement tempéré. Mademoiselle Lætitia a conservé une certaine fraîcheur de formes, et dans ce sens là, elle ne déçoit pas. Elle n'enchante pas non plus. Elle s'acquitte avec un certain doigté de la mise en forme du client. Nous étions curieux d'essayer une spécialité de mademoiselle Lætitia, qu'elle nous avait recommandée à la réception, appelée la cheminée de l'igloo. Il est difficile de surprendre les critiques avertis que nous croyons être; le cercle relativement resserré qui abrite nos compétences nous incite aussi à faire preuve d'humilité. Nous nous élevons donc contre une habitude qui commence à se répandre parmi nos salons, et qui a fait les dégâts que l'on sait sur les cartes de restaurants, où une multitude d'appellations fantaisistes servent toutes à désigner le sempiternel même plat de frites. C'est émoustillant à lire, décevant à consommer. Il en va donc de la cheminée de l'igloo comme de la sarbacane du papou ou de la bouffarde du gaucho. La petite innovation apportée par mademoiselle Lætitia, la compresse glacée, n'apporte pas le piquant qu'elle s'en promet. Reste l'exécution. Elle n'est pas déshonorante, et en outre, mademoiselle Lætitia a le bon goût de rester mesurée dans ses manifestations. Au moment du paiement, nous avons tendu notre piège habituel. Mademoiselle Lætitia a rendu la monnaie de notre grosse coupure sans insister pour se faire remettre un petit cadeau plus important, elle n'a pas invoqué ses œuvres, ni offert une prestation supplémentaire à la va-vite, sur le comptoir, pour acquitter la différence. Il nous a semblé que mademoiselle Lætitia, par inclination, préfère une clientèle d'habitués qu'elle peut se donner le temps d'étudier et dont elle orientera les habitudes, aux amateurs occasionnels, plus imprévisibles et capricieux. Un peu de persévérance dissipera peut-être l'impression mitigée que nous a laissé ce seul contact.

Anna Maria

Tout est décalage. Vous vous rendez au salon d'Anna Maria aux heures indiquées par la presse, et au moment convenu par téléphone; mais une fois admis en la présence de la maîtresse des lieux, vous vous demandez immanquablement à quel moment de sa journée à elle vous débarquez. Il apparaît très vite en effet que Anna Maria n'a pas que ça à faire, qu'il lui est égal de le faire savoir, et qu'il n'est pas en son pouvoir de ne pas le faire savoir. Car, plus pénétrante que tous les parfums de l'Orient dont s'oignaient les grandes courtisanes pour captiver ceux qu'elles voulaient séduire, et tellement plus tenace, est l'odeur de détergent universel à l'arôme de pin qui colle aux vêtements et à la peau d'Anna Maria. Ajoutez à cela le gros homme chauve et taciturne venu vous ouvrir la porte en maillot de corps, deux enfants sales et demi-nus sur le bras, et qui, en se retirant, essaie de donner une expression de complicité coquine à un œil charbonneux, et vous aurez tout compris: la rapacité et la longue patience, l'énergie, la ruse de chasseurs primitifs, échafaudant des stratagèmes impitoyables et archaïques au milieu d'une société moderne sans force sur eux. Le but certes n'est pas difficile à deviner, auquel tous les membres de la famille sont attelés corps et âme: retourner au pays après vingt ou trente ans d'exil, et bâtir, devant la grotte natale, la maison qu'éclairera le soleil de leur prospérité. Anna Maria fait donc les ménages, éponge les clients et n'abandonne au sommeil que cinq heures de sa trop courte journée. Quant au critique que je suis, il s'élève contre ces abus dont pâtit notre profession et, sans espoir d'être entendu, en appelle à la protection des lois. Nous avons cependant mené à son terme l'expérience, en nous tenant strictement à nos critères. Le salon – si on peut le dénommer ainsi – d'Anna Maria est au-dessous de tout. Aucun confort, pas d'hygiène. Faire l'amour avec Anna Maria, sans grâce, courtaude et incroyablement velue (d'où sans doute, chez les mâles ibères, l'usage de se raser la poitrine afin de marquer leur virilité), est un anachronisme, une plongée à travers l'histoire de l'espèce, qui vous ramène à l'Âge de la Pierre. Anna-Maria en a toutes les représentations, et, d'après ce que nous avons pu en juger, la sensibilité. Nous souhaitons à nos ancêtres hominiens d'avoir connu d'autres distractions pour pallier l'absence de télévision.

CRISTINA

Cristina ne m'aime plus. C'était prévisible. L'étonnant est bien plutôt qu'elle m'ait aimé. Sans doute, mais une fois l'invraisemblable arrivé, l'inéluctable pourrait attendre un peu. J'aurais souhaité voir mon sursis prolongé. Elle le faisait d'une façon si agréable, si discrète, légère... un souffle de brise, l'écho d'une musique dont on devine qu'elle est d'une infinie douceur... Sa présence ouvrait un monde, mais un monde illuminé d'une clarté lunaire. Aimer, c'est aussi faire sa part à l'ombre, plutôt que d'essayer à toute force de la débusquer. Cristina ne s'ouvre qu'au silence quand je croyais qu'elle en était prisonnière. La nuit et le silence, je suis aussi leur familier. Ils sont pleins chez moi de grondements; les présences qui les habitent m'ont apprivoisé. Je déclame leurs vérités; nées de l'orgueil et de la solitude, elles ne se partagent pas. Il est étrange de commencer un amour sans avoir rien à donner. Je ressemblais à ces stoïques, préparés à affronter un monde de supplices, et qui n'ont pas de mots pour la douceur. Cristina était trop forte de ses évidences pour s'arrêter aux miennes. Elle se montrait caressante, naturelle, se comportait avec moi comme si j'étais affable et chaleureux. Mes sautes d'humeur l'amusaient; je ne me rendais pas volontiers au bonheur d'être avec elle, qui mettait par terre tout ce que j'avais exalté, la solitude et le renoncement. Il faut boire au calice pourtant. Le corps de Cristina, qu'elle m'abandonnait avec une souplesse de chat et une langueur un peu distante, compensait les piètres déroutes de mon amour-propre. Elle le dispensait toutefois avec parcimonie; bonne diplomate, elle en faisait un instrument de politique extérieure. Mais elle avait rétabli, «à ton usage», me disait-elle en riant, la vieille distinction de l'amant de cœur, celui vers qui l'on revient pour se délasser des ennuis et des fatigues. Je ne savais rien de sa vie, la mienne ne l'aurait pas intéressée, elle m'était déjà assez à charge. Accrocher un amour quand, pour ainsi dire, on a pris congé de soi, est une expérience curieuse que l'on vit avec un grand détachement. Adieu les mesquines machinations de l'égoïsme, les choses se font sans impulsion, voire sans désir, fragiles et révocables, parfois suspendues à un silence. Ces gestes qu'il n'était pas nécessaire de mimer, nous les réinventions, et cela leur donnait une apparence de sincérité à laquelle nous nous laissâmes prendre.

Un peu, un moment.

NORD-SUD

(Une histoire vraie)

– Cher ami, l'été, je suis tout indulgence et bienveillance, mais j'ai horreur de ces changements brutaux qui nous infligent la neige en septembre. Cela éveille mon humeur médisante, et j'éprouve alors un rare plaisir à dénigrer confortablement mon prochain en regardant tomber la pluie. Dites-moi, pensez-vous que Mlle M. n'aime pas l'été, pour prendre ses vacances en octobre ?

– Je croyais qu'elle ne les prenait si tardivement que pour aller faire les vendanges…

– Oui, octobre est bien la saison des vengeances – pardon, des vendanges – tardives, mais c'est aussi, c'est surtout l'époque de la chasse.

– Allons donc, elle, je ne la vois pas le fusil à la main, à l'affût du sanglier.

– Elle chasse, mais sans fusil, et si je peux risquer l'expression, dont vous ne tarderez pas à comprendre le mauvais goût, le gibier lâche également ses coups.

– Je comprends de moins en moins.

– Vous serez discret, si moi, je ne le suis pas. Je vais vous raconter l'histoire telle qu'elle s'est déroulée il y a une douzaine d'années, avant que Mlle M. ne vienne travailler chez nous. Et d'ailleurs son arrivée ici, où elle occupe ce poste subalterne et mal payé, est encore une conséquence indirecte de l'événement que je vais évoquer. Vous n'imaginez pas Mlle M. apportant le trouble dans nos relations internationales, et pourtant... Je tiens tout ça du chargé d'affaires de notre pays qui l'a tirée du mauvais pas où elle s'était mise.

– Venez-en au fait, je grille d'impatience. Donc, Mlle M. chasse...

– Oui, et en deux mots: elle chasse le gros nègre, là où on le trouve encore à l'état de nature pour ainsi dire, en Afrique.

– Elle que j'aurais prise pour une vestale. Elle est d'une discrétion. Qui lui connaît un ami?

– Mlle M. est une de ces personnes dont ceux même qui s'en croient les plus proches ignorent tout. Mais qui sait, des rapports de police ou des dossiers d'hôpitaux psychiatriques, peut-être, retracent les étapes de leur cheminement... Encore que je me demande bien sous quelle rubrique est classée cette aventure. Mlle M. discrète, renfermée, secrète, pour elle-même aussi, ne reconnaît, ne vit sa propre sensualité que sous l'apparence la plus étrangère, en un mot: la plus exotique. Celle qui descend de la passerelle de l'avion dans une quelconque capitale africaine n'a plus rien à voir avec la Mlle M. qui nous est familière. Cette fois-là, son dévolu était tombé sur un fonctionnaire, le coq de village bien gras, venu à la grande ville, et qui, en plus d'une ribambelle de parents éloignés, nourrissait deux épouses et quelques enfants. Un modèle de réussite. Mlle M. rendit visite à la famille, et elle, qui emportait toujours un peu de verroterie, car les préjugés ont la vie dure, la distribua aux épouses et aux enfants, voulut être la marraine du prochain à naître. Dans le cours de sa romance avec le mari et père, elle ne cessa jamais de jouer pour la marmaille le rôle de la blanche providence, mais en même temps, à sa conquête, parlait mariage, Europe, vie fastueuse, et exigea un sacrifice. Elle ne s'en faisait sans doute pas une idée bien précise, mais l'amant père de famille n'y vit pas finesse, massacra femmes et enfants et vint se présenter devant sa belle pour toucher le prix de son obéissance. Une prompte fuite aurait pu les sauver, mais

Mlle M. préféra s'enfermer dans sa chambre d'hôtel en compagnie de son sanguinaire Roméo. La police y débarqua deux jours plus tard. C'est ici que la diplomatie entre en jeu. Nous nous serions accommodé d'une peine de prison, mais la justice du pays fit auprès de notre émissaire un chantage à l'exécution: pour 5.000 dollars au chef de la police, 10.000 au procureur général, 100.000 au ministre et un million au président, Mlle M. fut mise dans un avion et regagna nos contrées au moment où son amant était pendu en place publique. Une mesure administrative fut la seule conséquence pour elle: l'État décida d'une symbolique retenue sur son salaire. Elle en conçut une telle colère qu'elle démissionna d'un travail bien rémunéré pour prendre chez nous le poste qu'elle occupe toujours. Depuis, en se serrant la ceinture, elle réussit à mettre de côté la somme qui lui permet son petit safari annuel aux Eldorados érotiques. Mais dès qu'elle pose le pied là-bas, une personne de l'ambassade ou du consulat la surveille discrètement, des fois qu'elle aurait encore une preuve d'amour à demander.

CUM MORTUIS IN LINGUA MORTUA

A) In lingua mortua.

– ...Et vous, monsieur, qui partagez avec moi ce banc, dans la paix de ce parc ensoleillé, pour quoi, ou pour qui vous trouvez-vous ici, les enfants ou les mamans? Si cela peut vous mettre à l'aise, je vous dirai que je suis très attiré par les jeunes mères. Une première et récente maternité donne aux femmes une plénitude qui les rend extrêmement désirables. Elles en déchoient malheureusement vite, et la mère en elles a vite fait de tuer la femme. Nous traînons dès lors à nos côtés un être maussade et asexué, le parfait condensé de cet éternel féminin qui a vicié notre enfance et empoisonne notre âge adulte... Et je lui sais d'avance peu de gré d'avoir à torcher ma vieillesse.

– Vous êtes marié ou vous l'avez été?

– Non, monsieur, mais j'ai des yeux et des oreilles. Les femmes sont notre fatalité, elles président à notre détresse et notre misère biologiques, elles nous jettent au monde, et ce sont elles encore qui ont le dernier mot de cette affreuse comédie en préparant notre cadavre pour le cercueil. Vous comprendrez après cela que j'ai toujours eu de la peine à voir dans les forfanteries masculines autre chose qu'un bavardage infantile.

– Comment pouvez-vous dire du mal des femmes ici et maintenant? Il me semble que ce que nous voyons donne un éclatant démenti à ces rêveries d'atrabilaire. Soldez vos comptes, monsieur, avec les femmes et avec votre mère.

– Il est inutile, monsieur, de me renvoyer à mon histoire. Tous mes efforts visent à m'en abstraire, précisément parce qu'elle est heureuse. On parle de l'égoïsme du malheur, mais que dire de l'insultant altruisme de ceux que la vie a gâtés? Je le sais mieux que personne, j'ai eu cette fibre, j'ai voulu que mon bonheur se prolonge dans celui que je pensais donner, car je m'imaginais qu'il pouvait se donner, ou s'attraper, par contagion, que sais-je. Mais le véritable malheur est farouche, inaccessible comme un trésor, arbitraire comme la grâce. Il faut trier, le débarrasser de quelques contingences, de celles par exemple qui contrarient une vocation de salaud moyen et bien nourri... Vous croyez avoir soulagé une victime, et c'est une brute qui vient vous remercier; cela m'a ouvert les yeux. Mais le malheur ne se partage pas, on l'accueille et il réclame toute la place, se soumet tout votre être...

– Tout doux, monsieur, je ne comprends pas. Vous, l'homme heureux, vous plaidez pour un bon usage du malheur...

– Le malheur chez les autres... Il est regrettable que les malheureux, résignés ou agités, n'en fassent qu'une affaire personnelle et mobilisent contre lui leur vitalité. Combien sont-ils ceux qui vivent leur cancer comme un match de boxe, ceux chez qui le battement de la grande aile réveille un optimisme foncier...

– Qu'à cela ne tienne, monsieur, donnez-vous une maladie mortelle, ce ne sont pas les occasions qui vous manqueront.

– Je suis très douillet... Et pourtant je possède, à mon corps défendant, un appétit de vivre que j'ai peine à domestiquer. Si j'attrape ce que vous dites, tout ce que j'ai réussi à gagner contre moi s'effondrera, et Dieu sait ce que je deviendrai: prêcheur, faiseur de livres, camelot à une quelconque foire d'empoigne, des professions où il faut plus de tripes que de tête. Monsieur, j'aspire souvent à n'être qu'une tête, non que je sois particulièrement satisfait de la mienne, mais les choses en seraient tellement simplifiées: une tête posée dans un grand vide.

– Voilà une façon originale de la perdre. Mais prenez garde: une Salomé vous la réclamera. À un certain âge, on est parfois rattrapé par ses instincts.

– Je n'ai rien à craindre de ce côté-là.

– Vraiment? Je vous admire de dire ça. Ma tête est moins docile que la vôtre, et ses intermittences donnent le champ libre à des manifestations que vous trouveriez saugrenues; mais c'est la vie, monsieur, et on ne la passe pas en représentation.

– Je crois que je vous comprends, mais il n'y a rien chez moi d'exhibitionniste; au contraire, ce qui peut vous sembler apprêté est l'effet d'une discipline. J'essaie d'éliminer tout ce qui est apparence ou image. Il m'est impossible malheureusement de me passer d'un corps, je le porte comme je peux, et je voudrais surtout lui défendre de me représenter.

– Monsieur, vous devenez comique…

– Malgré moi, monsieur, malgré moi. Comment vous dire?…

b) Coups de sang

…Sans doute, comme moi, détestez-vous ce qui est sommaire, les images et leur psychologie simpliste, remplies de crétins laborieux tout occupés à mimer l'enthousiasme. L'image qui impose ses modèles de comportement, monsieur, contribue puissamment à notre mise au pas et à notre enfermement. Je suis fasciné de voir comment se met en place, inexorable comme un cauchemar, bien réelle et pourtant décalée, telle l'utopie qu'elle veut supprimer, une société sans rêves et sans ailleurs. Monsieur, comme toujours, nous rencontrons un problème de terminologie… Nous avons abusé du concept de totalitarisme, car les systèmes que nous dénoncions pour tels avaient leurs Juifs ou leurs contre-révolutionnaires et, au-delà de leurs frontières, un monde qui leur était hostile... et nécessaire pour assurer leur cohésion interne. Leurs prétentions étaient exorbitantes, et brutaux les moyens utilisés pour les imposer. Somme toute, ils étaient sectaires. Nous procédons bien plus doucement, plus consensuellement. Notre système ne reconnaît pas à ses victimes le droit de se déclarer ses adversaires. Et chez ceux-ci, quelle timidité, quelle mauvaise honte. Ils n'osent plus se réclamer de la raison, de l'équité, de la justice ou de que sais-je encore, tant ils ont peur de s'entendre appeler idéologues. Ils souscrivent tacitement à la logique qui les rend, qui nous rend superflus. Mais pas abandonnés, car pour pallier l'action dévastatrice de l'économie qui produit et confisque la richesse, il y a l'État qui vient au secours des naufragés du marché libre.

– Alors là, monsieur, quelle navigation, et à travers quels écueils! J'imagine que vous n'allez pas vous arrêter si tôt; d'autres puissances, sans doute, vous irritent la bile.

– La presse, monsieur, dont la seule, unique et répugnante pratique consiste à pervertir le langage, à faire oublier qu'il est le porteur d'une pensée vivante, à le réduire au rôle d'entremetteur du fait accompli. Les journalistes, monsieur, ce sont des alchimistes à rebours qui transforment en plomb ce qui est par essence libre et volatile, des charlatans infirmes qui se font prothèses de tout et prétendent courir plus vite que les bien-portants. Monsieur, il n'est pas de profession qui ait d'elle-même une opinion aussi boursouflée. Et ces têtes creuses donnent de l'intégriste à celui qui entend penser par lui-même sans se soucier de leur caquetage simpliste...

– Monsieur, cela me suffit, je vous assure. Je suis journaliste, mais je ne vous en veux pas. Pour seul prix de la complaisance que j'ai eue de vous écouter, puis-je vous demander de déposer pour moi cette lettre et ce colis au guichet?

– A la Poste? Mais vous n'y pensez pas! Vous voulez confier une lettre et un colis à la Poste? Vous ignorez donc

- et je rapporte là l'hypothèse la plus favorable -, qu'ils vont vous les égarer, les expédier n'importe où, excepté là où ils doivent aller? Il est beaucoup plus probable, et c'est là le cas le plus courant, que ces envois seront détruits, ou tout le moins endommagés, sciemment endommagés et sciemment détruits. Pour le plaisir, car c'est le seul plaisir des êtres à la fois frustes et pervers que les PTT emploient. N'en doutez pas, monsieur, tout ce que l'humanité compte de plus taré se sent vocation de travailler aux PTT suisses, et ceux qu'un excès d'ignominie empêche malgré tout d'y prétendre, en sont fastueusement dédommagés. Les statistiques sont formelles: si les asociaux ne constituent que le 6% de la population dans son ensemble, cette proportion monte à 43% à la Poste. Avec les alcooliques, nous dépassons les 50%. Évidemment, comparés à ces chiffres, les 18% de drogués ne comptent guère, mais c'est parce que la drogue a commencé sa diffusion parmi les intellectuels et les milieux aisés. Et jusqu'aux reliquats d'antiques calamités, que l'hygiène et la médecine modernes avaient éradiqués, sont encore surreprésentés aux PTT: les goitreux et autres crétins des alpes, et même les tuberculeux chargés d'humecter et de coller les timbres. Je me suis laissé dire qu'il s'y trouvait encore fréquemment des cas de plique polonaise. Et quant aux analphabètes, ils sont simplement innombrables. Il est bien entendu que je parle aussi des postes à responsabilité, pour ne pas dire: surtout des postes à responsabilité, car la condition première pour les occuper est d'être humainement et intellectuellement nul. Monsieur, essayez d'imaginer ce que des règlements de comptes entre crapules peuvent avoir de plus sordide, ce n'est qu'une partie d'échecs jouée par des gentlemen, si vous comparez cela aux luttes à l'avancement au sein des PTT. Aucune entreprise n'offre autant d'honorables et lucratives voies de garage à l'incompétence. Car l'incompétence y est reine, monsieur, et ne souffre pas de rivales. Les PTT sont le grand cimetière des intelligences, un désert humain colonisé par des zombies en costume trois pièces. Et ces imbéciles, qui sont à la fois si divers et si semblables, ne peuvent se supporter. La jalousie les ronge. Le refrain angoissé de chacun de ceux qui composent ces bataillons d'arrivistes: «Qu'a-t-il de plus que moi?» signifie: «Il est aussi paresseux, parasite, médiocre et incapable que moi. En conséquence, j'ai autant de titres que lui à l'obtention de ce poste.» J'irai jusqu'à dire – vous m'arrêterez si j'exagère –, qu'un grade aux PTT est un indiscutable brevet de stupidité qui remplit d'arrogance son détenteur. Pour toutes ces raisons, je vous déconseille de confier quoi que ce soit à ces gens.

– Dois-je conclure de votre tirade que vous n'aimez pas les PTT?

– Non, mais porter, ainsi que vous me l'avez demandé, une lettre et un colis, m'occasionnerait un détour, et de plus, je déteste rendre service.

ANTÉE

Je ne m'éloigne guère de moi quand je pense à vous, monsieur le Virtuel, à moins que ma façon de penser, reflet de mon apathique incuriosité, ne prenne ses brumes pour les contours de ce qu'elle cherche à atteindre, et qu'ainsi, sous le mirage qui vous figure, je ne retrouve que mon trop réel désert. J'ai beau vous faire le plastron de mes péchés, les dénoncer maintenant m'indiffère. Ils ont perdu leur pouvoir de nuisance: que trouveraient-ils encore à contaminer, ils règnent sans partage. Je feins toujours de m'irriter des plus tapageurs, mais je sais bien que leur fonction n'est que décorative, emblématique, ce sont des figures de noces à Thomas, ne vous fâchez pas si vous vous y reconnaissez. C'est encore moi que je vise, je ne cesse de me manquer, et de toute manière, je n'habite plus ce pantin. Peut-être les choses se simplifieraient-elles si votre existence était un peu moins convenue, si je laissais voir au gaillard de 75 kg, sanguin et colérique, qui évolue avec toute la vigueur de ses appétits dans une réalité qui me voit discret, ce que je fais de la larve qui vous représente dans mon imagination. Peut-être, comme le gros rustre qu'il est aussi, prendrait-il à partie les 57 kg de timidité, de pusillanimité à l'abri desquels règne la confusion éthérée que j'appelle moi. Je prévois des scènes déplaisantes lors desquelles mes arguments n'auront ni le poids ni l'allonge des vôtres. Et voici que j'éprouve d'ores et déjà une certaine curiosité, car moi, que hante l'idée de recommencement, qui ne trouve jamais assez ferme le point de départ qui supportera mes futures et hypothétiques certitudes, je me dis, une voix presque tentatrice me murmure, que le sol qui aura accueilli ma chute, et sur lequel je finirai bien par redresser des membres endoloris et un visage tuméfié, pourrait aussi me redonner une nouvelle part du monde.

LE DÉSIR D'ÊTRE ADMIRÉ

Dans le mouvement infiniment discontinu et fragmenté d'une rue piétonne, un homme, un point, mobile lui aussi, mais suivant une perpendiculaire irrégulière, au hasard des rencontres, arrête les gens. Mais la conjonction se rompt très vite, et la mine rigolarde ou perplexe, le passant recommence à passer. L'homme, lui, m'aborde. Il est petit, dégarni, le regard à la fois fuyant et fixe; et il bafouille.

– Monsieur, je dois impérativement vous demander quelque chose d'inhabituel. A..a..admirez-moi.

– Monsieur, avec plaisir, mais dites-moi sous quelle forme je dois signifier ce que vous semblez si fortement souhaiter. Par gestes muets, à la manière d'une pantomime, ou en paroles, et dans ce cas, les voulez-vous sonores, que je prenne à témoin les passants, ou que je vous les murmure, à mi-voix, entre quatre yeux, pour ainsi dire, comme une confidence?

– Faites co… comme bon vous semble; mais sachez que même les manifestations extrêmes de la plus ob… obséquieuse vénération orientale ne pourront combler ce mien désir d'être admiré.

– Monsieur, si je ne vais pas jusque là, ce ne sera dû, croyez-le bien, qu'à mon ignorance des usages en vigueur sous ces latitudes éloignées. Je ne suis, je l'avoue, qu'un débutant dans l'exercice que vous me demandez, mais la bonne volonté palliera, je l'espère, le défaut de science. Faites-moi encore la grâce de me dire si vous désirez que je loue vos qualités physiques ou l'excellence de vos facultés intellectuelles ou tout simplement votre personnalité en général.

– Monsieur, l'ironie et les moqueries ne me touchent plus, je suis au-delà des susceptibilités qui froissent les petits amour-propre. Ou pensez-vous que je prenne plaisir à servir de paillasson aux pieds plats, à recevoir des injures en guise de réponse, et à ne voir le plus souvent que des mines effarées? J'ai d'ailleurs remarqué que si vous les sollicitez d'une façon un peu inhabituelle, les gens sont portés à vouloir distribuer plutôt des coups que des compliments. Monsieur, il n'y a sans doute pas d'amour sans un peu d'admiration et réciproquement. J'ai été marié, monsieur, et à un certain moment, j'avais même une maîtresse en plus de ma légitime. L'une et l'autre m'ont quitté pour des hommes qui ne me valaient pas, ou disons mieux, qui étaient aussi médiocres que moi, et cela me tourmente. Monsieur, l'amour des femmes est une grâce dont nous sommes sans doute indignes, mais quand elle se retire de nous, mieux vaudrait alors ne l'avoir jamais connue. Pourquoi m'avoir choisi si c'était pour me rejeter plus tard? Je les ai bafouées l'une et l'autre, mais ce ne sont pas des péripéties de vaudeville qui vous font cesser d'aimer. Elles m'ont donc quitté comme elles m'ont élu, arbitrairement, sans raison. Monsieur, ce mot fait vaciller mon esprit. Un clou planté dans ma chair ne me serait pas plus douloureux que cette pensée. Monsieur, je me demande si nos affections ne nous sont pas plus importantes que leurs objets, et si je n'ai pas été le réceptacle indifférent où s'est déversé le besoin d'aimer dont surabondaient ces femmes. Et sans doute n'ai-je même pas eu le mérite de les avoir déçues, car l'amour ne va pas sans un peu de masochisme. Monsieur, mettez-vous à ma place, celui qui aime, son amour peut lui tenir chaud, mais moi, que deux femmes aimaient, je me retrouve dépouillé et abandonné. Et je vais vous faire un aveu: je ne m'estime ni ne m'aime beaucoup. Il n'y a rien en moi dont je puisse me prévaloir pour justifier l'amour et l'admiration que je réclame. Ah, monsieur, si j'étais rempli d'éminentes qualités, je traînerais tous les cœurs après moi, comme on dit, mais me fait problème tout ce que les autres trouvent normal; je n'ai pas la sûreté de somnambule qui fait de l'existence une routine. Cette facilité m'est refusée, monsieur, je dois pousser ma vie devant moi et cet effort m'accable. Tous mes manques, tous mes défauts m'interdisent donc de me montrer difficile sur la qualité de mes admirateurs, je me contenterai même de qui me ressemble, qu'importe, mais j'ai frénétiquement, convulsivement besoin des autres. Et tenez, une chose encore: le désespoir de ma solitude ne sera jamais assez fort pour me pousser au suicide; la mort est chez moi une imagination heureuse qui ne me vient que dans un bonheur partagé: j'aime à me représenter la tristesse de celle qui m'aime. C'est drôle, monsieur, je me vois bien dans le souvenir d'un autre, je peux même m'y peindre en beau, alors que retrouver chaque matin ma tête au miroir me rend morose. Et me voici, monsieur, en train d'essayer par tous les moyens d'entrer dans une tête ou un cœur. Ces dispositions, ce besoin dont je parlais, doivent bien se trouver vacants chez l'un ou l'autre de ceux et celles qui nous entourent, il y a certainement dans cette multitude quelqu'un capable et désireux de m'admirer simplement parce que j'existe. Se faire personnage public n'est peut-être pas le pire moyen de parvenir. À force d'obstination, je me suis rendu pittoresque, on vient me visiter comme une curiosité, j'ai mes habitués et cela me gène beaucoup car je n'entends pas être pris pour un bouffon. Celui que je cherche, monsieur, pourquoi ne serait-ce pas vous?

L'HOMME INVISIBLE

> *«Les pensées viles, le lâche désespoir, la tristesse, se tiennent toujours sournoisement aux aguets pour surprendre le malheureux mortel quand il est seul, afin de s'acharner sur lui...»*
>
> QUEVEDO, *Le songe de la mort*

Monsieur, je n'ai de mon existence qu'un sentiment ténu, suspendu, à quoi, je l'ignore. Il me semble évoluer dans une sorte d'apesanteur; mon esprit en a la liberté, mais également le curieux alentissement qui doit être, je le crains, un des symptômes de ce qu'on appelle la fuite de la pensée. Ce n'est qu'une conjecture bien sûr, que je ne tiens nullement à faire confirmer par un homme de l'art. Ce qui me dépossède m'enrichit aussi... Encore un de ces intenables paradoxes que tout en moi dément, mais je persiste à prendre les artifices rhétoriques pour une élégance morale, pour une élégance tout court. Ces éclats, toujours plus rares, d'une morne préciosité ne m'amusent pas. Ma vie n'a d'autre fondement que les mots qui la décrivent, et ils commencent à me faire défaut. Ou est-ce moi qui les abandonne, la belle question... Il y a si peu de moi dans ce qui me fait m'interroger. J'ai cessé de faire de ma vie une affaire personnelle. Je ne peux me dénier une certaine forme d'existence, peu individuée, vous l'aurez remarqué, une sorte de continuum végétatif - je n'ai pas d'identité, je suis tout juste une présence. J'ai perdu jusqu'à mon histoire. Dans une conjecturale enfance, qui s'est substituée à l'autre, j'avais cru m'entendre signifier une condamnation à ne pas être. Ces malédictions ont ceci de particulier, que, si on en a oublié les termes, qui peut-être même ne furent jamais prononcés, un aveuglement de primitif vous soumet à leur inconcevable énoncé. Mais, pour dire les choses en images, c'est la forêt qui nourrit le feu, elle ne doit pas en accuser l'allumette; inerte et les yeux ouverts, je me suis laissé dériver. La douleur m'a accompagné; son travail marquait la peine endurée à me déprendre de moi. Elle est l'expression d'un élémentaire que je récuse au nom d'une complexité que je ne sais pas traduire. Je l'ai voulu ainsi. C'est une présence permanente et résiduelle, une décharge, un dépotoir, alimentés par les dépouilles successives de ceux dont j'ai cherché à endosser la défroque. Elle m'accompagne au travers de toutes mes tentatives de devenir, comme un rappel ou un refus. J'ignore à quoi je reste si obstinément fidèle... Savez-vous, monsieur, que mes propres phrases m'assomment? Je les aligne mécaniquement et péniblement, les unes à la suite des autres. Ces laborieuses balivernes me coûtent peu d'application, mais prennent un temps fou. Elles ne m'apprennent rien, elles ne sont que superflues. Mon existence m'échappe partout où je veux la saisir. Monsieur, ma raison a été le démiurge de ce chaos figé que mes instincts ne vivifieront pas. Je ne suis plus à moi-même que d'une manière, disons, intermittente. Bien sûr, il y a les fonctions involontaires, respirer, dormir, ce sur quoi glisse le léger souffle que j'appelle moi, mais ce qui me maintient en vie n'y est pas très fermement accroché. J'ai cru autrefois posséder ce qu'on nomme caractère; ses manifestations, des poussées velléitaires, comme des éruptions d'acné, marquaient la moiteur d'un tempérament plutôt que sa chaleur. Les manies sont restées de tant d'évanescence; j'arpente ce vide en le piquetant, le balisant d'habitudes. J'envie les tournesols, vous me direz pourquoi. Que l'on me comprenne bien... Non, ce n'est pas ainsi qu'il faut dire, c'est à moi, à moi seulement de me faire comprendre. Je possède un désir pour lequel il n'y a pas d'organe. Et puis à quoi bon. L'obsession de la chose à faire, que les mots vous aident à faire; ces vieilles superstitions qui ont enfanté tant de vocations... Il n'y a pas de tâche, ni d'apaisement, seulement la brutalité du silence.

ÉTAPES SUR LE CHEMIN DE LA VIE

C'est déjà embêtant d'être timide, mais c'est terrible d'être timide et rouquin. Rouquin flamboyant. En classe, il y en a qui m'appellent Casque d'or, d'autres disent que chez moi tout est rouge, même les yeux. C'est faux, ils sont verts. Je suppose que ceux qui répandent ces méchancetés sont jaloux. Quant à la timidité... Je marche dans la rue, je croise une femme et je rougis. Tous les passants me regardent parce que je suis rouge, alors je continue à rougir, je n'en sors pas. En fait, les gens ne vous regardent pas vraiment, pas en face, mais de biais, du coin de l'œil. S'il y a quelque chose en vous qui les dérange, ils font comme s'ils ne vous voyaient pas. Je devrais essayer de me promener tout nu, ou mieux, d'avoir l'air d'un vrai pauvre, ainsi personne ne me regarderait plus et je n'aurais pas à rougir tout le temps.

Aujourd'hui, j'avais ma leçon de piano chez Lucie. J'ai entendu, avant de partir, maman qui lui parlait au téléphone. Je sais que c'est Lucie, parce que maman et elle sont de grandes amies, et que maman a avec elle un ton particulier: «Écoute, fais ça pour moi, je t'ai débarrassée de ton Portugais, déniaise-moi mon dadais de fils, je sais qu'avec toi, il ne va pas attraper une saleté. Il est impossible ces temps.» Je suis arrivé chez Lucie et j'ai voulu prendre l'ascenseur. Avant que j'aie pu refermer la porte, une fille s'était glissée à l'intérieur et avait pesé sur le bouton du 5e. Lucie est au 3e. J'étais tellement troublé que je suis monté jusqu'au 5e. Pendant le trajet, la fille me regardait, et elle respirait en pinçant les narines; cela m'a fait penser à ce qu'on dit de l'odeur particulière des rouquins, je suis devenu tout rouge, évidemment. Quand elle est sortie, je ne sais pas ce qui m'a pris, je suis sorti derrière elle. Alors elle m'a demandé si j'habitais ici. J'ai bégayé que non, et voilà cette folle qui m'envoie une claque. Pas très appuyée, mais une claque quand même. «C'est du joli, à ton âge!» Puis elle me prend le menton: «Je n'aime pas les rouquins, dommage», et avant de disparaître derrière une porte: «Ciao, bello!», me donne sur le nez une chiquenaude qui me fit venir les larmes aux yeux. Je suis redescendu à pieds.

Lucie est une belle jeune femme, toujours seule, maman dit que les hommes lui font des misères, mais que c'est un trésor et que les hommes sont bêtes. Je n'avais pas eu beaucoup de temps pour travailler, aussi elle me reprenait avec impatience: «Toujours ces tempi hésitants. Écoute, les noires, il faut les jouer au rythme des pulsations de notre cœur. Tu vas voir.» Et elle me prit une main que je lui abandonnai docilement. Je m'attendais confusément à... je ne sais pas quoi, mais elle l'attira à elle, fit glisser un peu le haut de sa robe, et avant que j'aie pu me rendre compte de rien, elle avait déposé un sein dans la paume de ma main. La peau était très blanche et très douce. Le mot érotique me traversa la tête, et je fus étonné de ne rien ressentir de ce que suggérait sa signification. En un instant, le visage de Lucie était devenu méconnaissable: les yeux fixes, la bouche ouverte, comme pour mieux aspirer bruyamment et irrégulièrement un air qui vous manquerait. Une brusque envie de rire repoussa la tentation de la rejoindre là où elle s'était engloutie. Si son geste m'avait semblé incompréhensible, il n'était pour elle que la péripétie attendue d'un jeu convenu, dans lequel je devais jouer mon rôle comme tous les messieurs avant moi à qui elle avait mis un sein dans la main. Son abandon marquait qu'elle estimait avoir tenu sa partie, et qu'elle se reposait dès lors paresseusement sur l'imagination ou la routine de son coéquipier de l'heure. Je me demandai si elle offrait toujours le même sein, le même sein à la même main. Un grand moment passa. Le sein reposait toujours dans ma main, aussi expressif qu'un morceau de viande sur le plateau d'une balance. Puis le visage se recomposa, et avec une prestesse étonnante, Lucie avait écarté ma main et s'était réajustée. «Bon, je crois que pour aujourd'hui, nous n'irons pas plus loin». Sur le chemin du retour, j'avais des accès d'hilarité, et je me répétais sans savoir ni comment et ni pourquoi elle me venait à l'esprit, cette formule stupide ramassée je ne sais où: «Bienvenue au club, bienvenue au club.» Arrivé à la maison, je vis à l'air de maman que les nouvelles m'avaient précédé:

– Tu es un drôle de coco.

– Ah, maman, quand il le faudra, je me taperai la bonne.

PROJET DE BAISER À L'INTENTION DE MLLE C.

Voici comment j'entends procéder pour ne rien laisser à l'improvisation :

1) Les deux partenaires se tiendront debout, à un pas et en face l'un de l'autre. Par commodité, il est recommandé que la partie à qui est dévolue l'initiative (moi – oui, je sais, cela va vous surprendre), se place légèrement en biais. Le bras gauche – le mien donc – passera dans le dos, de votre droite à votre gauche, à la hauteur des épaules, et la main enserrera l'attache du bras. Simultanément, mon bras droit exécutera le mouvement inverse d'enlacement, mais au niveau de la hanche, et la main agrippera la partie lombaire. Il est possible que je surestime la longueur de mon bras. Pour qu'elle reste un plaisir, une étreinte ne doit rappeler en rien ce qu'on éprouve dans un ascenseur bondé. Une fois la prise bien assurée, j'effectuerai une torsion latérale du buste dans le sens droite-gauche, – autrement dit un mouvement de pronation (pour moi), de supination (pour vous) –, suivie d'un renversement à la manière des danseurs de tango.

Remarque:

a) Il est en soi indifférent que vous placiez vos mains ici ou là. Veillez seulement à ce qu'elles ne soient une gêne ni pour vous ni pour moi.

b) En considération de nos tailles et poids respectifs, la manœuvre susdite peut se faire par l'un ou l'autre des partenaires. Je ne tire aucune conclusion morale d'une situation qui ne dépend que de rapports de masse et de volume ou du simple empressement à la tâche.

2) Le baiser proprement dit: avant d'en venir au contact, les deux partenaires se seront mis d'accord sur la position du nez, surtout si celui-ci, chez l'un ou l'autre ou les deux à la fois, est plutôt proéminent. Le mieux est que chacun tienne sa droite, et qu'ainsi l'extrémité de chaque appendice vienne s'écraser contre la joue ou le maxillaire supérieur gauche du partenaire. Les porteurs de lunettes auront la sagesse de les retirer. Passez rapidement (et discrètement) la langue sur vos lèvres afin de les humecter légèrement: il n'y a rien de plus désagréable pour une muqueuse que le contact avec une surface sèche. Ne pas exagérer dans l'autre sens. Nous en arrivons enfin à l'attouchement proprement dit. Fiez-vous à l'instinct, sans essayer de contrôler l'opération par le regard: vous risqueriez un strabisme convergent peu esthétique. Cette délicate opération de mise en place effectuée, tout devient affaire de tempérament; il est bien sûr que les adeptes du baiser pivert et ceux du baiser ventouse auront de la peine à s'entendre du premier coup. Il est difficile de n'évoquer le baiser que d'un point de vue technique, car il peut déclencher des réactions aussi fulgurantes qu'incontrôlables. Sachez que vous aurez de la peine à garder la maîtrise de vous-même si vous vous surprenez à pratiquer la variante plus osée et plus intime dite langue fourrée. Mais cela est tout à fait hors de mon propos. Enfin, après un temps convenable laissé à l'appréciation des intéressés, le groupe se rompt et les deux partenaires se retrouvent dans l'attitude décrite au début du premier article.

Nota bene: Ne pas oublier que le baiser est un acte cérémoniel participant d'une liturgie intime et solennelle.

a) On évitera de le banaliser par une pratique intempestive, de celle qui met mal à l'aise le public.

b) On bannira également, même s'ils sont plus discrets, le baiser à la sauvette ou le baiser entre deux portes.

LE GARDIEN DE LA PORTE

Je suis le gardien de la porte et j'attends celui qui voudra la passer. Je suis très vieux parce que j'attends depuis très longtemps, mais il n'y a pas de terme à mon office, et de mémoire de porte, on n'a jamais vu un gardien mourir. Disparaître avant que ne se soit présenté l'élu n'aurait pas de sens. Bien plutôt, notre attente est une longue mort, un long sommeil d'où nous tire enfin celui que nous devons accueillir. Puis, notre mission accomplie, nous disparaissons, nous nous condamnons, la porte et nous, car une porte n'a qu'un gardien, ils sont indissociables. Indissociables mais hétéroclites, car si elle est l'aspiration de celui qui la cherche, elle ne représente rien pour le gardien qui la défend. Il y a autant de sortes de gardiens qu'il y a de portes. Les portes les plus magnifiques ont des gardiens en uniforme chamarré, gros et vigoureux gaillards qui piaffent d'impatience sur le seuil et s'usent les yeux à scruter les lointains. Quelques uns quittent même leur poste à la recherche de celui qui, quelque part, est en route vers eux, et quand ils l'ont trouvé, font de son approche une marche triomphale. Ils l'éventent et le rafraîchissent, s'offrent même à le porter sur leur large dos. Arrivés en vue de la porte, ils déposent précautionneusement à terre leur précieuse charge, courent hors d'haleine ouvrir bien large les deux battants, se prosternent devant celui qui passe sans leur accorder un regard, et referment sur lui et sur eux, la porte. Ceux-là sont moins gardiens que hérauts ; ils ont pour fonction d'annoncer la venue du maître de la porte, et le maître est celui qui la passe. Nos portes à nous, les gardiens sans prestige, n'ont pas de maîtres. Cette connaissance amère fait de notre tâche une corvée sans joie. Quand arrive celui qui a trouvé la porte, nous voulons croire à l'improbable miracle, nous nous écartons de la porte, nous feignons de la découvrir en même temps que le nouveau venu, nous nous étonnons devant lui, à voix haute, de trouver une porte dans ce désert, une simple porte, un accessoire de théâtre, qui n'ouvre sur rien, sinon les sempiternels vallonnements de dunes. Mais notre pèlerin n'est pas dupe. De fait, il aurait pu venir bien plus tôt, le chemin ne lui était pas inconnu, mais il a joué à s'égarer pour différer le moment d'affronter la porte. Son visage est marqué par l'effort, il a pris une couleur de cendres ; ses yeux vont de la porte au gardien et du gardien à la porte, les mots que sa bouche articule difficilement sont inaudibles, une innommable souffrance semble le travailler, que nous, les gardiens, ne comprenons pas. Tout serait si simple si tu pouvais nous écouter, voyageur, mais il se contente de nous regarder. Que voit-il quand il nous voit ?

LES BELLES ÉLÉGANTES

N'a pas qui veut un rendez-vous avec la belle Suzon, et je remercierais la chance, si la ravissante Ninon n'avait choisi précisément ce soir pour m'accorder l'entrevue que je sollicite depuis longtemps. Au fond, cela m'amuse, car toutes deux n'ignorent rien de mes sentiments pour chacune d'elle en particulier. Enfin, le pluriel est de trop, je n'ai qu'un sentiment, mais il prend beaucoup de place: un amour, exclusif de toutes les attaches que ces demoiselles pourraient avoir envers ceux, bêtes, choses et gens qui ne seraient pas moi. J'ai certes peu à offrir, mais rien ne coûte à qui n'a rien, et mon inconséquence me fait droit de tout. J'attends donc que ces sémillantes, qui ont à leurs pieds les plus beaux hommes de notre société, me les sacrifient sans hésiter. Voilà une prétention exorbitante me direz-vous, – «Ce n'est rien», répond mon amour propre.

«Ne vois-tu pas», intervient mon tuteur, «que tes phrases se soutiennent à peine, comment veux-tu qu'elles te portent?»

Bon, je recommence.

J'ai à mes côtés la belle Suzon *et* la ravissante Ninon. La blonde au teint hâlé et la brune à la blanche peau. Leur gorge me trouble infiniment, et je ne peux m'empêcher de déposer, me tournant vers l'une puis vers l'autre, des baisers à la naissance des seins, et de recommencer. Je m'enivre de la saveur de leur peau, si indéfinissablement différente. Je perçois confusément qu'aux tables voisines l'attention des dîneurs n'est pas tout entière au contenu de leurs assiettes, mais cela ne gêne ni la belle Suzon et encore moins la ravissante Ninon, qui offrent à ma bouche leur large décolleté. Enfin le toussotement insistant du maître d'hôtel me fait souvenir de notre présence dans ce restaurant, et nous nous emparons de la carte des menus.

Mais mon rabat-joie de tuteur entend bien me laisser sur ma faim.

– Ah, mon petit, que veux-tu faire de ces deux paires de seins? Les coucher dans ton lit? Je ne te mets pas en garde contre tes appétits, mais contre leur médiocrité.

– Mon tuteur, ne chipotez pas sur la nature de mes appétits; l'important est que j'aie de l'appétit. J'ai envie de m'encanailler, de suivre ce poncif de l'érotisme qui veut que les femmes légères aient les seins lourds. Ah, mon tuteur, il serait trop simple de vous envoyer au diable et de décrire ma nuit avec Suzon *et* Ninon, mais je ne veux pas me débarrasser de vous ainsi. Savez-vous que vous m'avez abondamment doté de la faculté de refuser? Vous avez substitué vos renoncements d'homme mûr à mon inexpérience, et je crois maintenant que ce ne fut pas heureux. Ou aviez-vous déjà décelé mon peu de talent pour la vie. Que savez-vous de moi que j'ignore encore? Le caractère n'est pas un enclos où nous sommes condamnés à brouter perpétuellement la même herbe, et d'ailleurs, qui vous dit que j'aime ça; et si, en m'échappant, je me découvre un peu carnassier, où est le mal? La ravissante Suzon, la délicieuse Ninon sont peut-être ma dernière chance, et que vous importe si je la saisis, si je les saisis par ce qu'elles ont de moins éthéré. Je préfère vivre plutôt que rêver des revanches. La rhétorique me guette, l'opium des vaincus, car je risque de perdre mon combat avec la vie, par forfait, comme disent les sportifs, 3-0, ou 5-0, peu importe l'ampleur de la déroute, je préférerais me faire battre à la loyale, recevoir une bonne leçon, subir une correction –

le langage a de ces vérités – cela ne pourrait être pire que le rituel de mortifications que vous m'avez dispensé sous le nom d'éducation. Vous m'avez amené à la pénitence avant de m'avoir fait connaître le péché, j'ai goûté à l'amertume du bien sans avoir savouré la douceur du mal. Mes remords sont des fantômes à qui rien n'a jamais donné consistance. Alors, mon tuteur, permettez-moi de vous planter là; quand je me serai fait des souvenirs, à quoi bon l'espérance? J'y renonce d'ores et déjà. Je ne vous congédie pas, mon tuteur, vous aurez toujours quelque chose à me dire, mais je suis curieux de voir ce que les seins de la belle Suzon et de la ravissante Ninon me laisseront de votre sagesse; je cours les confronter.

DIOGÈNE

– Attendez-moi, monsieur, je vous en prie, attendez-moi. Mon Dieu que vous marchez vite. Vous avez rendez-vous, ou est-ce là votre allure normale? Vous êtes sportif sans doute, mais il est vrai aussi que vous êtes très jeune, comparé à moi, cela s'entend, et moi, avec le temps, forcément, ce que j'appelle allure normale devient de moins en moins rapide. Merci d'accorder votre pas au mien, je ne vous retiendrai pas longtemps. Vous seul parmi cette foule avez l'air heureux de vivre, voilà ce qui m'a attiré... Mais regardez donc ces visages, on traînerait tous ces gens à l'abattoir qu'ils ne feraient pas plus triste mine. Peut-être d'ailleurs est-ce là ce qu'ils souhaitent au fond d'eux-mêmes. Vous savez, monsieur, la satiété ne rend pas heureux. Rien ne vous aigrit plus qu'une promesse réalisée; la vie leur a donné ce qu'ils en attendaient, et voyez le résultat. Et les jeunes sont encore pires que les vieux... Je ne parle pas pour vous, ne le prenez pas mal. De toute façon, je n'aime pas médire des gens, que ce soit de l'humanité en général ou du simple particulier. Je n'ai pas de rancœur, j'aurais le sentiment d'avoir perdu ma vie. Rétrospectivement, je dois beaucoup à ceux qui m'ont nui: leur avoir survécu a été ma seule vengeance, avouez qu'elle ne leur a pas fait grand mal. Il est infiniment plus difficile de s'entendre avec ceux qu'on aime... Je vous casse les pieds?

Non? Vous êtes gentil. Ne craignez pas que je m'interrompe pour vous demander de l'argent. Je ne suis pas non plus assez riche ou excentrique pour vous en offrir. Il n'y aura ainsi rien de bassement matériel entre nous comme on dit bêtement. Aimez-vous rire, monsieur? Je riais beaucoup quand j'étais jeune, et maintenant, je ris moins mais je ris mieux. Les imbéciles, par exemple, ne m'amusent plus, même les inoffensifs. Comme vous le voyez, je me meus avec aisance parmi les vérités générales; ce penchant à l'abstraction, le goût des formules a ensoleillé ma vie. Ah, monsieur, entre le monde comme il va et la tête qui le pense, quel décalage, et il y a des salauds pour incriminer la tête. Drôle d'époque que la nôtre, monsieur, qui ne se met guère en frais pour se faire aimer, où le sage doit se conduire comme un échappé d'asile et courir après qui le veut bien écouter. Il est vrai que je ne vous ai pas demandé votre avis, mais que voulez-vous, je ne peux pas m'empêcher de parler. Raconter la vie, c'est encore vivre, monsieur, et cela ne va pas sans une certaine niaiserie, mais aimable, joyeuse. Que m'importe si je prête le flanc à la moquerie, par là au moins je peux encore me montrer généreux. J'aborde les gens, mais je ne m'accroche pas. Je les choisis aussi dissemblables de moi que possible: jeunes, bien vêtus, l'air pressé. Je déteste les oisifs, ceux que leur paresse ou leur perversité ont mis hors la société, et qui épuisent leur pauvre intelligence à calomnier la vie. De la même glande coule toujours le même pus. Elle est magnifique, la vie, monsieur, parole de vieillard. Plus le temps passe et plus sa richesse m'étouffe. Alors j'élague. Je l'ai tout entière concentrée dans ma tête, et ma tête est un monde où je ne tolère pas les intrus. Monsieur, nous arrivons aux limites de mon territoire, le moment est venu pour moi de faire demi-tour; je ne m'autorise à parler que sur les quelques mètres que vous avez parcourus en ma compagnie. Ce temps compté me contraint à l'essentiel, adieu, monsieur…

MISTER JECKYLL

Madame,

J'apprends que vous vous rétablissez le mieux qu'il est possible des péripéties brutales qui ont accompagné notre rencontre. J'ai gardé l'argent, évidemment, mais j'ai détruit vos papiers et balancé votre sac à la poubelle. Je me doute bien qu'au sortir de l'hôpital, et à votre âge, il ne sera pas facile de refaire auprès de l'administration une carte d'identité et un permis de conduire. J'espère que votre parenté aura à cœur de vous décharger au moins en partie de ces démarches. Madame, je ne m'adresse pas à vous pour tenter d'excuser l'action ignoble et traumatisante que j'ai commise. Votre résistance m'a permis d'ajouter la violence sur une personne hors d'état de se défendre à une action déjà peu glorieuse: le vol de son sac à main au dépens d'une vieille dame. Franchement, je vous ai crue pauvre, ce n'est pas le cas, voilà le seul élément qui vient mitiger le résultat que j'attendais. Voyez-vous, madame, pour parler de moi, au physique comme au moral, je n'ai que le vocabulaire du sport, des mots pleins de gestes et d'énergie, qui appellent le grand air. À tous les sens du mot, je m'extériorise; je n'ai jamais eu de vague à l'âme que vingt minutes de course à pied ne réussisse à dissiper. Il me semble que tous les problèmes du monde viennent de ce que les hommes ne savent pas quitter leur chambre. Ils s'y livrent à l'infini ressassement de leurs petites difficultés et perdent la mesure d'eux-mêmes. La solitude et le manque de mouvement ont engendré le mal concerté qui empoisonne la vie de notre planète. Vous me demanderez peut-être quel rapport il y a entre ces paroles et les coups que je vous ai donnés. Madame, je frappe fort, mais j'ai conservé devant l'existence une certaine fraîcheur. Je n'ai jamais eu la plus petite tentation de succomber aux vénéneuses douceurs que le diable offre, dit-on, aux habitants des solitudes. Il m'a paru toutefois convenable d'y goûter. Avez-vous vu des méchants au cinéma? Ils ont de belles maisons, ils sont riches, puissants, leurs femmes ont l'élégance de leurs maîtresses. La société ne retire d'eux que des bienfaits en les contraignant à se montrer, hypocritement, je le concède, mais avec quel raffinement dans l'hypocrisie, courtois, obligeants, doubles enfin. Quel approfondissement, quel enrichissement de l'être. Alors, j'ai commencé par la paresse. Mon entreprise a appelé pour demander si j'étais malade. J'ai dit que si, heureux, pour une première tentative, d'épingler deux péchés capitaux d'un coup. Mais en fait, je ne me sentais pas bien. De tous ses muscles et ses fibres, mon corps protestait contre l'inaction qui lui était imposée. Je suis véritablement tombé malade. Puis j'ai dressé un inventaire de ce qui restait de mon catéchisme. La morale sur papier bible, ça n'a jamais vraiment été mon truc. J'ai continué par les vices que je croyais les plus accessibles. La gourmandise: si vous avez un corps rompu comme le mien à tout ce qui est diététique, la seule lecture d'un menu vous retourne l'estomac. Je ne mange que des bouillies vitaminées, c'est plus sain. Bref, ce fut encore un ratage. Avant d'aborder la suite, il m'a fallu regarder dans le dictionnaire: luxure; je n'ai pas eu à le refermer, je suis allé dare-dare à l'article concupiscence. Il s'y trouvait enfin quelque chose pour moi: tu ne convoiteras pas la femme du prochain. Mais je l'avais déjà, par consentement mutuel: celle de mon meilleur ami. Ses cures d'hormones le rendent épisodiquement impuissant, il recourt à mes services pour la durée de ses périodes creuses. Je ne déteste pas le coït, cela me rappelle la gymnastique. Je préfère la gymnastique. Madame, je reviens à vous, vous avez été l'étape suivante et je vous ai envoyée à l'hôpital. Je n'en suis pas fier. Mais imaginez que j'attaque à main nue, loyalement, un homme jeune, aussi vigoureux que moi, et qu'au terme d'un combat âpre, je vienne à l'emporter. N'aurais-je pas gagné l'argent que ma main ira prendre dans son portefeuille, comme le salaire récompense le travail ou le bonheur la vertu ? Je ne voulais pas jusque dans le mal faire triompher la morale de l'effort que j'ai pratiquée toute ma vie. Me voici à la croisée des chemins ; nul doute que mon existence se trouvera considérablement modifiée si je pousse jusqu'à l'assassinat. C'est pourquoi je vais en rester là de cette expérience. Si j'étais Gilles de Rais, un chatouillis prémonitoire m'en aurait déjà averti. Adieu maison de maître et lumière tamisée, adieu raffinement, fauteuil de cuir, tapis d'orient et verre à cognac. J'aurais voulu faire résonner en moi des harmonies inconnues et envoûtantes, me découvrir grand bordeaux : me voici rendu à mon destin : je ne suis qu'une eau plate, insipide et incolore, mais tellement saine. Vous avez reçu quelques embruns des vagues que j'ai jetées. Ne m'en gardez pas rancune.

L'AMATEUR DE DÉSERTS

Monsieur, votre causerie était admirable: venir au désert parler des déserts, vous m'excuserez de résumer ainsi ce qu'aura été votre soirée. Je ne regrette pas la mienne. Il est certes dommage que j'aie été à moi seul toute l'assistance, mais il ne m'a pas déplu qu'une vaste salle abrite notre inattendu tête à tête. Je suis sensiblement plus jeune que vous, et je considère comme un enfermement les années passées à essayer d'échapper, avec une obstination et un aveuglement d'insecte, à ce qui m'oppresse encore. Dès que j'ai su nommer un ailleurs, je l'ai appelé désert et ma vie un exil. Je n'ai jamais vu de désert, monsieur, et je ne suis pas sûr de le vouloir. Vous avez confirmé ce que je savais déjà: qu'ils grouillent de vie. Brûlants le jour, glacials la nuit, ils font tout leur possible pour la décourager, mais la salope a de la ressource. Monsieur, me désole ce qui vous ravit: les efforts ou les astuces de ces organismes végétaux et animaux pour se développer et survivre dans un milieu aussi défavorable vous ont arraché des mots de poète. Et après tout pourquoi pas, puisque c'est dans les déserts seulement que la vie pare d'un peu de modestie son infatigable obstination. Car partout ailleurs, elle est un monstre perpétuellement en gésine et perpétuellement homicide... Et si elle n'était qu'une maladie de la matière, une sorte d'épidémie qui n'attend plus, pour disséminer ses germes dans le cosmos et en infecter la pureté minérale, que l'homme l'y amène. Vous voyez, tout comme vous, je sais parfois contempler les choses de haut. Mais, monsieur, le désert, quel domaine pour la pensée. Tout y est piste ou chemin, on ne le quitte jamais. Je crois parfois entrevoir pourquoi il fait peur, pourquoi il est inconcevable comme la mort. Pour l'homme, le désert est le contraire de la Création, la métaphore de ce à quoi il ne peut donner de nom. Le désert est inhumain au sens très simple que l'homme n'y est pas. Monsieur, il m'arrive souvent de rêver du désert, c'est à dire de me rêver au désert, et toujours de la même manière: je me vois errant; vous remarquerez que c'est le seul mot apte à y désigner le mouvement, mais je veux dire que j'y chemine sans me déplacer, et cette situation, coutumière aux cauchemars, m'emplit d'un calme que la veille ne donne pas d'une telle profondeur. L'espace sans repère est parsemé d'ossements. Cela n'a rien de funèbre. Dans le désert, la créature qui accède à la mort émerge de son état antérieur comme si elle sortait des limbes; elle se dépouille de ce qu'elle a de corruptible, ne conserve de son être que les linéaments, calligraphie tourmentée d'un idiome perdu, dressés pour un temps sans mesure. Je vois encore l'immense carcasse minéralisée, pétrifiée, d'un animal fabuleux, nef échouée sur le sable, à l'intérieur de laquelle je pénètre comme dans une cathédrale. Je pourrais aimer le dieu d'un pareil temple. Les déserts me fascinent; ce sont des lieux sans images, ou d'une seule image, qui nous propose sans cesse la même énigmatique évidence... Vous me direz que ce n'est pas vrai, que le désert est divers, mais nous nous accommodons d'ignorer sa réalité physique – encore que la découvrir nous émerveille – parce que nous avons, au plus profond de nous, une familiarité intime avec son informulable secret. Je craindrais, devant lui, de le trouver exotique. À quoi bon demander à des voyages d'infirmer mes imaginations d'enfant. Je tiens au monde et aux choses selon la part de moi, inconnue, qui y est enclose. On approche ce mystère, mais l'élucide-t-on jamais, par un infini questionnement.

Monsieur, entre le langage et les déserts, il y a des affinités essentielles, les préciser n'ira pas sans difficultés. Je dirai seulement que celui qui a trouvé son langage s'ouvre le désert ou s'ouvre à son désert. Monsieur, j'ai eu très tôt le sentiment, puis la certitude, que la vie se nourrit non pas tant de notre adhésion que de nos complicités. Mais comment l'enfant peut-il comprendre que son étonnement l'amène déjà sur le chemin que suivent ceux qui l'aiment et le déçoivent, et qu'il est appelé à leur ressembler. Grandir dans la défiance quand elle répugne à votre caractère, c'est une école exigeante qu'à force d'échecs j'ai fini par achever. Durant une bonne partie de ma jeunesse, je me suis trouvé à la merci des agressions que la violence de ma nature et de mon tempérament imposait à ma raison. Devenir suicidaire ou se faire doctrinaire, monsieur, voilà le dilemme où vous place une situation pareille. La seconde de ces voies – aucune des deux n'est très glorieuse –, vous offre au moins une issue. Dans la confusion générale engendrée par l'air du temps, il n'est pas mauvais de déléguer les combats dont on ne sait s'ils sont bien les nôtres; j'en ai vécu ainsi beaucoup par personnes interposées. Je me suis fait le familier des tenants de la rhétorique de l'absolu. Ceux-ci, monsieur, s'ils n'habitent les déserts, en sont presque aux marches. Une révélation les y a placés, la désillusion les en éloignera. Entendons-nous bien, monsieur, les idéaux ne m'intéressent pas, seule importe la manière dont on les professe. Soumettre la réalité à la rhétorique, grossière ou subtile, pourvu qu'elle soit incantatoire, et y trouver une assise, voilà tout ce qui compte. Quant aux conflits purement doctrinaux ou intellectuels, ils se résolvent de la manière la plus triviale qui soit. Les adversaires impitoyables de l'ordre établi ont tous échoué. J'ai vu leur dérive qui les a amené insensiblement à se fondre à ce qu'ils abhorraient. Ils ont perdu la partie honteusement, sans avoir même l'esprit de se montrer cyniques. Ce ne sont plus que des parasites. Renier sa tête au profit de ses tripes, quel châtiment. La quiétude où ils s'engluent favorise leur digestion. Ah, monsieur, ceux qui commencent par cracher dans la soupe se gardent les moyens d'en faire venir une deuxième assiette. Mais moi, je n'ai rien rabattu de mes exigences. J'ai voulu délivrer mon histoire personnelle de l'incommode tribut que réclament les événements, l'affranchir d'une part prévisible de hasards, heureux ou malheureux. Monsieur, ma force est de savoir faire sa part à ce que je ne mesure pas, de n'avoir pas peur de me déjuger. Mon histoire est jalonnée de reniements. Ils ont aussi peu d'importance que mes adhésions. Aussi me suis-je gardé d'afficher une quelconque grandiloquence, j'ai dévoré mes ridicules en secret, avec toute l'amertume ressentie à se montrer si inférieur à la tâche qu'on se fixe. Notre paresse à penser et notre facilité à vivre nous rendent sujets à tant d'inconséquences. J'ai donc posé là le barda que fournit en standard la vie au malheureux qu'elle envoie dans la carrière. Aux autres la mêlée héroïque. Une chose étrange, monsieur, que d'être à la fois le legs et l'héritier. Cela arrive pourtant à chacun de nous quand nous nous séparons de toutes les manières de ceux qui nous ont infligé le jour. Pour beaucoup qui n'ont pas la chance d'être orphelins de naissance, c'est la seule aventure, mais qui les laisse naufragés pour le restant de leur vie. Moi, j'ai échappé à cette malédiction des origines. Je date plus tardivement le moment fondateur, celui qui met en branle ma chronologie. Je fais commencer mon ère au moment où j'ai délimité mon aire. Pardon, monsieur, mais c'était trop tentant. Je veux dire que mes obsessions ont interrompu puis infléchi le cours de leur lente et monotone giration vers cet ailleurs que j'ai appelé le désert. Et me voilà parti pour la terre promise, mais comment rendre compte, ne serait-ce qu'à moi-même, du long piétinement vers elle ? J'ai consciencieusement visité chaque cul de sac et savamment évité tous les raccourcis. L'incohérence préside avec une telle constance à ma conduite que je suis contraint de la revendiquer. Monsieur, à force d'inertie, j'émousse dans ma chair tous les aiguillons. Devant des contradictions, les partis extrêmes pris pour leur échapper ne me coûtent que la peine de les tenir. Je me fais pierre devant la pierre, miroir de Méduse. J'ai vécu par et dans ma tête, et une telle ligne de conduite n'a rien à voir avec la raison. Toutes mes folies sans exception ont pris un tour cérébral, médité, bizarre, abscons en un mot, elles n'avaient rien de communicatif, un adjectif que le sens commun accole à la joie. Il est fatigant d'être le champ clos où s'affrontent aveuglément nos instincts. Croyez-vous aux idées, monsieur, à leur pouvoir de diriger notre vie? Je vous demande pardon, cette question n'a pas de sens, vos travaux montrent assez que vous avez consacré votre déjà longue et riche existence à la mise en œuvre de vos idées, peut-être même d'une seule et unique idée. Moi, monsieur, qui ne sais ce que je pense, moi que ma pensée surprend, moi que, pour mon plus grand plaisir, cette activité affranchit parfois de ma sempiternelle ressemblance à moi-même, quelque chose me travaille, dont la formulation m'échappe constamment, que je poursuis à travers les apparences; et j'applique à la quête de cette insaisissable chimère des exigences de rigueur, de logique qui forment un étrange ménage avec mon désordre intérieur. Bien sûr, un peu de méthode m'aiderait à y voir clair. Je me suis longtemps appuyé sur la conscience, par reconnaissance, si je puis dire, en souvenir du premier et inoubliable moment où l'on se sent soi-même, mais elle est si constamment abusée par l'amour-propre. Changer était indispensable. Imaginez un ego pléthorique, le mien, cherchant à s'impersonnaliser, à prêter une consistance aux nuées qu'il poursuit et se débarrassant d'attributs superflus. Vous savez, quand j'étais jeune, j'avais l'enthousiasme du renoncement, on ne le pratique bien qu'à cet âge. La jeunesse donne une sorte d'allégresse au mépris de la vie, elle en fait encore une manifestation de vitalité. C'est une marque d'élection dont il n'est pas aisé de se montrer toujours digne. Tout se gâte quand il devient paresse ou rancœur. Monsieur, les défaites, les défauts nous ramènent à la compagnie. «Il est des nôtres» est l'hymne universel qui salue tous les ratages, la beuglante des damnés en goguette. Mais que d'efforts, et de dégoûts, et de rechutes. Monsieur, j'ai aussi mes tentations; elles ne me sont pas dangereuses. Je ne rêve plus qu'à des souvenirs dont je ne sais si je les ai vécus ou seulement imaginés. Un passé ainsi fait est à la fois léger et plein de turbulences. Il y a là un tourbillon, une confusion, la bousculade de tout ce qui veut vivre, et qui sent un appel d'air, comme si mes instincts, sentiments et ressentiments, pêle-mêle… La routine les endort, les distrait, l'invocation à la raison les fait surgir, pleins de désespoir et d'invectives. Monsieur, il faut conjurer les facultés supérieures contre la fécondité grouillante, monstrueuse de nos appétits. Et dire que la plupart ne se sentent hommes que par là… Installer en soi un désert sans même s'en vouloir le centre, voilà ma réponse. Monsieur, quand on ne peut se prévaloir de ce qui vous est facile, on apprend trop tard à s'en méfier. Que l'imagination m'a été incommode! Une maquerelle qui cherche à s'impatroniser, obséquieuse et envahissante, habile à réparer les accrocs que la vie fait à votre amour-propre. L'imagination et l'amour-propre, l'ouvrière et le maître d'œuvre. Ah, monsieur, regarder derrière soi, quelle chose étrange, quand on ne décèle que des renoncements, des reniements; notre jugement même est déjà une falsification. Monsieur, j'ai le verbe haut, et c'est pour cela sans doute que je ne me suis jamais demandé si j'étais honnête. Dans mon cas, ce serait une rupture de style. Pouvoir s'appuyer sur des décennies de labeur soutenu, de fornications abouties, avoir une histoire qui parle à votre place, et se taire enfin, quel rêve, monsieur. J'ai déclamé ma vie au lieu de la construire. De tels édifices ne sont pas très solides. La plus petite contradiction les met à bas. Il est curieux que, tout en ne m'occupant que de moi, je sois un si piètre mémorialiste. Je suis poursuivi par d'irréfragables témoins, quelques faits médiocrement lamentables, et mon passé, qu'aucune justification n'atteint plus. J'essaie de me mettre hors de portée par une perpétuelle fuite en avant. Peu importe, on paie assez cher le droit qu'on s'arroge de se conduire en imbécile. Monsieur, ma pusillanimité, mon indolence dans la vie réelle me font moins de honte que les écarts de mon imagination. J'ai beaucoup péché par là. Le casuiste que je suis aussi ne m'en absout pas. Il s'en faut de beaucoup. Monsieur, pour gagner les déserts, j'ai dû abandonner pas mal de mirages, quitter des pays de Cocagne, renoncer aux apothéoses de médiocrité que l'imagination offrait au guignol qui me figure dans ses scénarios. Il me manque encore l'humilité, ce sera pour plus tard. Vous l'aurez deviné, j'aime les déserts comme on se donne des règles, pour échapper à tout ce qui suit sa pente, pour rendre la vie difficile... Au petit jeu des instincts et des réflexes, il n'est pas aisé de rendre la vie difficile. Elle nous tient, et par les couilles encore. Nous devons détester ces adhésions glandulaires. Vous souriez? Ah, monsieur, la jouissance, son évocation seule me fait aimer les puritains: ces histoires d'appendices, cette tuyauterie intime, tant de convulsions grotesques pour exprimer quelques gouttes nauséabondes de deux glandes en pendentif. Et dire que c'est à ce piège infantile tendu par la nature que nous devons l'inconcevable amas de souffrances... le désert, monsieur, le désert, pour faire cesser cette funèbre plaisanterie. Nous payons cher notre furie de partage, puisque à travers la haine même, c'est encore un autre qu'on veut détruire. La première règle est de se préférer toujours. À soi la première balle. Mais je ne serai pas le premier à la tirer. Monsieur, je doute que, en conclusion à cette soirée, vous souhaitiez encore une méditation sur la mort. Il ne faut pas épuiser d'un seul coup tous les bonheurs. Mais je ne vous refuserai pas le mot de la fin. Monsieur, j'ai touché à un terme, atteint la forme de perfection que j'ai voulue. J'habite à mon gré le désert, je vis en société: on a cessé de me voir. Parmi tous les vivants, je ne me revendique pas. Mon esprit est libre de se prêter à tout... Et pourtant, dans l'exercice même raisonné, si je puis dire, de cette démesure, je retrouve le ridicule. Je me suis donné la peine et les moyens de n'atteindre à rien, j'ai cultivé le vide, et me voici, tel un singe savant enfermé dans sa cage, à répéter indéfiniment mes tours... Je reste seul opaque à la grande lumière du désert. Il faut que je me déprenne de moi-même, du fétiche de cette vérité intime qui se soumet jusqu'à la manière de dire, qui vous garrotte à des termes autrefois inventés, mais qui ne sont plus que convenus. Je continue de déclamer, mais ces tirades ressemblent trop à des commémorations. Être prisonnier de sa victoire, quel beau résultat... La liberté conquise, il me reste à quitter les armes qui l'ont apportée, et c'est bien là le plus difficile.

TABLE DES MATIÈRES

Achevé d'imprimer le 29 mars 2000
sur les presses de Dominique Guéniot,
imprimeur à Langres - Saints-Geosmes

Dépôt légal : avril 2000 - N° d'imprimeur : 3933